鲁尔福三部曲

——燃烧的原野

JUAN RULFO (1917-1986)

燃烧的原野

[墨西哥] 胡安·鲁尔福 著
张伟劼 译

JUAN RULFO

El llano en llamas

译林出版社

图书在版编目（CIP）数据

燃烧的原野 /（墨）胡安·鲁尔福著；张伟劼译
.—南京：译林出版社，2021.1（2021.7 重印）
（鲁尔福三部曲）
ISBN 978-7-5447-8425-2

I.①燃… II.①胡… ②张… III.①短篇小说－小说集－墨西哥－现代 IV.①I731.45

中国版本图书馆 CIP 数据核字（2020）第 191455 号

燃烧的原野 ［墨西哥］胡安·鲁尔福 / 著 张伟劼 / 译

责任编辑 金 薇
装帧设计 韦 枫
校 对 王 敏 戴小娥
责任印制 董 虎

原文出版 Editorial Planeta, S.A., 2003
出版发行 译林出版社
地 址 南京市湖南路 1 号 A 楼
邮 箱 yilin@yilin.com
网 址 www.yilin.com
市场热线 025-86633278
排 版 南京展望文化发展有限公司
印 刷 南京新世纪联盟印务有限公司
开 本 850毫米 × 1168毫米 1/32
印 张 7.25
插 页 4
版 次 2021 年 1 月第 1 版
印 次 2021 年 7 月第 3 次印刷
书 号 ISBN 978-7-5447-8425-2
定 价 48.00 元

目录

新版序

寻找鲁尔福[1]

张伟劼

即将过去的这个冬天，据说是近二十年来南京最冷的一个冬天。我记忆里另一个寒冷的冬天是2009年，翻译胡安·鲁尔福短篇小说集《燃烧的原野》的那段时光。当时我租住在成贤街上一间原属东南大学教工宿舍的单室套老房子里。一天当中，房间受阳光眷顾的时间是短暂的，冷风倒是很殷勤地不断从窗缝中摸爬进来，空调的制热效果也不尽人意。我还记得那年冬天老是下雨，寒气与潮气混在一起，阴惨惨的，倒是比较适合想象书中的悲剧场景。

1 本文初刊于《青春》杂志2013年第4期，第81—83页。

事实上，在翻译这部墨西哥写实作品之前，我从没去过墨西哥。我唯有在想象中还原那些故事发生的场景。然而所谓真实的叙事场景是不存在的，作家描述的那些时空都只在虚构之中，逼肖现实而非原原本本的现实。正因为此，想在山东高密寻找莫言作品故事人物的访客多是失望的。

当我坐进飞往墨西哥的班机、开始为期一年的访学生涯时，《燃烧的原野》（译林第一版）的译稿刚刚下厂印刷。我已明白，此行是找不到那些故事发生的真实地点的，也见不着作家本人——他早在1986年就与世长辞了。我只是想验证一下，今天的现实中的墨西哥，在多大程度上还是鲁尔福笔下的那个墨西哥。

1917年，胡安·鲁尔福出生在墨西哥哈利斯科州的农村。他七岁丧父，十一岁丧母，成为孤儿。他不得不由祖母抚养，后又被送入瓜达拉哈拉的孤儿院。

我是在2011年的春天抵达哈利斯科州首府瓜达拉哈拉的。乘坐长途客车从高原上的墨西哥城出来，一路海拔渐低，气温也越来越高。4月里的瓜达拉哈拉已是30多摄氏度的高温，哈利斯科其他各地想必也同此酷热。行进在瓜达拉哈拉上空的烈日下，我不由想起鲁尔福笔下的那块给晒得冒烟的荒野。在《我们分到了地》的故事中，一群期待分享革命胜利果实的农民行进在干燥、炙热的白土平原上，忍着饥渴，寻找着政府承诺分给他们的土地。他们永远也没有找到那爿憧憬中的沃土，因为他们被分到的就是这块“硬牛皮”、这块“烫得像饼铛似的”荒原。

我在瓜达拉哈拉的一家风味餐厅里见到了这所谓“饼铛”（comal），一种源自印第安人文化传统、至今仍在墨西哥和中美洲广泛使用的炊具：一个架在火上烤的陶土圆盘，用来把玉米面团摊成薄饼皮。鲁尔福的名篇《佩德罗·巴拉莫》中的魔幻村庄科马拉（Comala）之名就来自这种炊具，可见那是一块热得多么吓人的土地。

这样的酷热，与热带的激情、革命的热烈毫无关系。在鲁尔福笔下，这样的酷热反倒与荒凉靠得更近。在从首都通往哈利斯科的公路上，我见到的这热带的原野就是一派荒凉的景象。那些在平原上孤独耸立的火山，仿佛刚刚经历过，或者正在酝酿一场巨大的爆发，在此期间，天和地都静寂不动，在强烈的阳光下显得出奇的明净。

我曾以翻译的身份陪同一个中方代表团考察墨西哥医疗卫生基础建设。我们去的是伊达尔戈，墨国最穷的州之一。我们与墨国卫生部官员一起在高雅精致的酒店里品尝当地美食，随后去参观条件简陋得与中国的乡下卫生所相差无几的州立妇产医院，以及荒野中被牛羊粪便气味包围的妇幼保健所。当地官员不厌其烦地向我们介绍这些年来他们所取得的“进步”，战战兢兢地想给上级官员留下好印象。在这个国家，这样的场景，仿佛一百年来都在重复发生。

在瓜达拉哈拉这座商业气息浓厚的城市，我并没有见到与鲁尔福有关的纪念雕塑或是遗迹。周末的夜晚，市中心街道上三五成群喝着啤酒的年轻人，多是瓜达拉哈拉大学的学生。1933 年，鲁尔福曾尝试进入这所大学深造，却正逢罢课闹事，只得另做他图，远赴首都，在高等学府中插班旁听。

1930 年代的墨西哥城是一如今天这般庞杂喧嚣、充满活力的。迭戈·里维拉用他的画笔装点着公共建筑物的外墙，拉萨罗·卡德纳斯总统在民众的欢呼声中宣布将石油收归国有，阿方索·雷耶斯接来一批批流亡无所的西班牙文人朋友以丰富墨西哥的思想界……1934 年，胡安·鲁尔福开始了他的文学创作之路。

我在墨西哥的大部分时间都是在墨西哥城度过的。在这里，世界一流的豪宅名车与第三世界的贫穷并存。在地铁里，在拥挤的小巴士上，在街边小摊之间，我看到了那些皮肤黝黑的面孔。他们成批成批地从鲁尔福笔下的破败乡村中出逃，希冀着能在大城市中找到幸福生活，却绝少被城市所接纳。他们以各种方式营生，带着自己为数众多的子孙顽强地生活下去，成为“现代化”进程中难以去除的“碍眼景象”。

与高档社区圣塔菲的摩天大楼相伴的满山红屋顶，不是别墅区，而是贫民窟。这些居民都是从“卢维纳”逃出来的吗？

根据鲁尔福在《卢维纳》中的叙述，这是大山深处一座被遗忘了的破落小镇。青壮人口都弃它而去，只留下为数不多的妇女、小孩和老人，在孤独中等待老去和死亡。“在那个死气沉沉的地方，连狗都死光了，这寂静都没有狗叫声相伴了。人去了那里，待到习惯了那里的大风，就只能听到这在万物的孤独中包含着的寂静了。”将近百年过去，“卢维纳”并没有随着“现代化”消失，而是越来越多了。

我曾在墨西哥外交部大楼的门口看到过一次震撼人心

的艺展。一位来自南方穷山沟的艺术家，在多年后返回故乡时，看到的是与“卢维纳”一般凄凉孤寂的农村。没有经济发展的惠顾，没有基本的教育和医疗，人们背起行囊，去城市、去首都、去北邻的美国谋求生路了。他在查阅了人口档案后，捏了一千个形态各异的泥人，代表这出走的两千五百多个老乡。这支泥人大军组成的方阵无声地站立在官府门口，仿佛蕴藏着某种巨大的力量。事实上，肉体的他们散落在各大城市的角落，成了没有故乡的游魂。

鲁尔福也曾云游四方。在1946年至1952年为固特异公司工作期间，他借着推销产品的机会走访墨西哥各地，在乡村中听老人们讲述最土最纯朴的故事。这些不受任何文艺法则束缚、充满奇幻的故事给他的创作带来了不少灵感。1953年和1955年，他先后出版了短篇小说集《燃烧的原野》和中篇小说《佩德罗·巴拉莫》，声名鹊起。然而，此后他便绝少从事小说创作了，仿佛先前发表的重磅作品已经耗尽了他的叙事才能，或者仿佛如爱德华多·加莱亚诺所说：在完成了一场极为深刻的激情之后，鲁尔福便沉沉睡去。虽然这两部作品让他成为拉丁美洲最出色的作家之一，他却很少在公共媒体中抛头露面，直至离世。

从固特异公司离职后，鲁尔福进入墨西哥国立印第安研究所工作，致力于墨西哥原住民文化传统的维护工作。尽管他从未宣称自己的写作关怀穷苦人、印第安人，也许他是在停止创作小说之后，把这份情怀默默地灌注在平庸的、日常的公务工作中了。而他也是被翻译成最多种美洲土著语言的拉美作家之一。印第安人在他的作品中读到了自己的生活。那些在贫苦乡村里日日重演，为鲁尔福冷静地叙述出来的仇杀、通奸、垂死挣扎，破除了田园牧歌的优美神话，生存的现实被赤裸裸地展现在读者面前。

在墨西哥，族群众多的印第安人一直处在社会的最底层，有一些甚至在五百年前的西班牙殖民征服时代就躲进深山，从此与世隔绝，将古老的生活方式延续下去。“现代化”进程还是无情地开进了他们维系传统的社区，抢走他们的土地，逼迫他们接受“文明”、融入资本市场弱肉强食的秩序中。在墨西哥的媒体中，印第安人权利被侵犯、奋起反击的事件时有报道。

2010 年秋，我在墨西哥城街头目睹了一次印第安原住民的大游行。他们身穿民族传统服饰，打着最平白的标语，呼吁人们关注他们正在遭受的野蛮掠夺。队伍中，一位头戴绿军帽的女青年向沿路所见的路人分发传单。我接过传单，问她在抗议什么，她急急地告诉我，她的村庄岌岌可危，背后有人指使的准军事组织向村民开枪，企图让所有反对土地买卖的村民噤声。我还想问更多，她抱歉地朝我笑笑，追赶着前行的游行队伍远去了。

我曾在书店里找到一本胡安·鲁尔福的摄影作品集。摄影是他的一大业余爱好。除了文字，他也给我们留下了许多宝贵的影像作品。在其中的一幅照片上，我看到两个戴着草帽的印第安人远去的背影。女的提着篮子走着路，男的骑在瘦马上，向着辽阔的天空进发。他们究竟是往哪里去呢？鲁尔福没有留下答案。

2020 年 4 月于南京

旧版序

黑色调的田园诗

张伟劼

在真正认识胡安·鲁尔福(1917—1986)之前，我总记着：墨西哥魔幻现实主义作家佩德罗·巴拉莫，代表作《胡安·鲁尔福》。导致我犯下这个错误的部分原因在于，除了《佩德罗·巴拉莫》，鲁尔福好像没写过别的什么东西。无疑，中篇小说《佩德罗·巴拉莫》是他最重要的作品，被认为是西班牙语文学乃至世界文学中最优秀的小说之一。在《佩德罗·巴拉莫》之前，鲁尔福还出过一部短篇小说集，就是这本《燃烧的原野》；在《佩德罗·巴拉莫》之后，鲁尔福基本上就不再发表作品了。

《佩德罗·巴拉莫》的盛誉并不能削弱《燃烧的原野》

的魅力。事实上，对这本故事集，评论界也相当重视，从叙述学、人类学、社会政治等角度切入，把这十几个故事颠来倒去地解剖把玩。在文学史上，它被当成墨西哥现代文学的开创性作品之一。因为在《燃烧的原野》之前，墨西哥小说基本上还是纪实性的现实主义，全景式记录现实。到了鲁尔福那里，农村生活的主题虽然依旧，但表现手法却悄然改变了。

米兰·昆德拉在分析卡夫卡时曾指出，卡夫卡之后，小说开始朝诗的方向改造自己。对于小说，特别是短篇小说来说，情节不再是最诱人的部位了。现代人要想看一个精彩故事，与其捧书本，不如去看场电影，或是打开电视看法制节目。小说家努力要做的，是通过故事展现生活的种种可能，探索人的生存困境。主题的意义凸显，情节的背景黯淡了。从这个意义上说，小说的确越来越接近诗歌。虽说如此，鲁尔福的故事并不缺乏情节性，改编成电影剧本完全是可能的。我想强调的是，论他在这些短篇小说中的艺术造诣，氛围营造比情节演进更为重要。

这本短篇小说集展现的是墨西哥哈利斯科州的乡土世界，讲的是农民的故事。如果把“诗”和“农村”联系起来，人们最先想到的也许是田园牧歌，好浪漫，好纯真，好环保……但鲁尔福笔下的哈利斯科农村，完全不是这样的。我们能感觉到的，是残酷、绝望、孤独、冷漠……而这些东西是以诗意的笔调表述出来的（为免去自夸之嫌，我得加一句：至少小说的西班牙语原文是这样的）。

有评论认为："这些作品主要描写1910年墨西哥资产阶级革命后的现实生活，深刻地暴露了其革命的不彻底性。"这话没错。美国历史学家斯塔夫里亚诺斯曾指出，比"墨西哥革命"这一提法更确切的提法，是"墨西哥大造反"。通过这些故事，我们可以了解到，参加"革命"的墨西哥农民不是像布尔什维克那样拥有一套思想理论，"革命"并没有从根本上改变他们和他们家人的生活状况。该书被介绍到中国来时，也曾被译为《烈火平原》，看上去挺像是一部革命小说。不过，我不认为批判革命是鲁尔福的写作目的。真要那么做的话，他该写的不是小说，而是《哈利斯科农民运动考察报告》。还有评论认为："鲁尔福关爱贫苦农民。"这话也对。要研究20世纪墨西哥的"三农问题"，这些作品可以作为很好的材料。但我觉得不能据此认为，关爱农民是鲁尔福的写作目的，真要那么做的话，他就该写一辈子的乡土小说。在我看来，鲁尔福是想写一些超越前人的、至少是和前人不一样的小说。他想在形式上做一些探索。事实证明，他成功了。对比一下《佩德罗·巴拉莫》，我们可以看到，一些在《佩德罗·巴拉莫》中得到成功运用的现代派技巧，已经在《燃烧的原野》里初露锋芒。

胡安·鲁尔福用不让我们犯困的方式，向我们展现了一个墨西哥乡村世界。说实在的，通过对这本集子的阅读和翻译，我觉得我对农民了解得更多了。我的一位墨西哥同事告诉过我，在他看来，墨西哥农民和中国农民是很相像的。用马克思主义的话来说，都是阶级兄弟，定能互相理解。我隐隐地觉得，不同国家、不同时代的农民，都是相似的。

比如，对土地的依赖。在城市人的眼里，土地只是意味着多少钱一平米或是一个月多少钱的空间。在农民的眼里，土地绝不仅仅意味着财产。土地就是生命。离开了土地，人就失去其存在的意义了。在第三个故事《我们分到了地》里，农民们为了土地去闹革命，革命结束后政府允诺搞土改，给他们分地，当他们哼哧哼哧地跑去看地时，却发现上当了……农民对土地的诉求，城里人大概是很难深刻理解的。墨西哥农民的土地问题从没有得到根本上的解决。20世纪末，被新自由主义经济政策夺去土地的恰帕斯州印第安农民重新打起了“萨帕塔”游击队的旗号，发起了新的革命。

农民几乎总是穷苦人。穷苦人的命运几乎总是残酷的。在《都是因为我们穷》这个故事里，我们看到的是这样一个残酷的逻辑：发洪水了，穷人家的牛给水卷走了；牛没了，穷人家的女儿就嫁不出去了；嫁不出去，就要沦落为风尘女子了。一场自然灾害就可以这样改变一个穷丫头的命运。在另一个故事里，一个男人受浑身烂疮的折磨好多年后，要求家人把自己带到远方去见圣母赎罪。经过艰难的朝圣之旅后，他怀着被治愈的希望死在路途的终点，而他妻子和他弟弟在带他去朝圣的途中偷欢，却又在他死后良心难安——原罪与救赎的主题，在这三个穷苦人之间奇妙地交织在一起。

在农村，有很多根深蒂固的传统和积习。在加西亚·马尔克斯的小说《一桩事先张扬的凶杀案》中，两兄弟得知他们的妹妹让村子里的一个人给糟蹋了，于是，他们不得不去找到那人，把他杀掉。虽然他们不想这么干，但按照风俗，这是他们的责任。他们就被一股无形的力量推动着去杀人了。家族间的仇杀、复仇，是拉美文学中常见的题材。在鲁尔福的短篇小说里，我们也能找到类似的题材。为什么墨西哥人喜欢复仇?它有没有社会文化心理上的根源?作家并没有义务去解释这些问题。鲁尔福所做的，只是把它表现出来，表现得或平白或复杂，表现得或惊心动魄或充满悲凉。

鲁尔福的创作与他的幼年经历不无关系。在他七岁的时候，其父在一场农民暴动中被人杀害。四年之后，他的母亲也去世了，他就被送进一家孤儿院。他的求学经历也是一路坎坷。在他预备去瓜达拉哈拉大学报到时，学校里正在闹罢课，他只好转去墨西哥城。在家乡修得的学分不足以让他进入国立自治大学，他便只好在文哲系旁听艺术史课程。他做过摄影师和销售代理人，周游全国，因此搜集了不少创作素材。他从20世纪30年代末开始写作，先是在《美洲》和《面包》这两家杂志上发表短篇小说，50年代初，他得到洛克菲勒基金会和墨西哥作家中心的资助，才得以在1953年将已发表的七个短篇凑上另外八个故事结集出版，书名为《燃烧的原野》(1970年再版时又加了两篇，始为今版十七篇)。1955年，他出版了《佩德罗·巴拉莫》，名声大噪。之后他就沉寂了。关于他沉寂的原因，我所了解到的有两种说法：一说他出于正直的品性，在意识到自己创作力枯竭后，就主动退出文坛，不愿再给印刷机增添负担；一说他一不小心写出《佩德罗·巴拉莫》后，就生活在这部伟大作品的阴影里，不得不靠酗酒来麻痹自己。博尔赫斯曾略带调侃地揣测说：“埃米莉·狄金森认为出书并不是一个作家命运的基本部分。胡安·鲁尔福似乎认同狄金森的这个观点。”

鲁尔福所写的，用他的同胞，作家卡洛斯·富恩特斯的话来说，是墨西哥最土的东西。笔者所译的版本是2003年西班牙行星出版社的修订版。编辑在出版说明中声称，虽然已经参照西班牙语言学院的最新正字法标准对文本做了修正，但还是尽可能地保留了鲁尔福文字的特色。因此，破译一些哈利斯科方言中的特有词汇，着实让我费了点劲。鲁尔福在创作时，是不会像昆德拉那样老想着自己的这部作品会被翻译成另一种文字的吧？无论如何，最土的东西被诗意地表现出来，成了可以为全世界读者接受和欣赏的东西，这是胡安·鲁尔福创造的奇迹。

2010年5月于南京

献给克拉拉

清晨

圣加夫列尔从浓雾中冒了出来，为晨露润湿。夜里，云雾要寻找人的热气，就在村子上头过了一宿。现在，太阳快要出来了，这浓雾便慢慢地爬起身，卷起它的床单来，在屋顶上留下一道道白花花的纹路。一团灰色的水汽，隐约可见，从湿漉漉的地面和树丛间升起，给云朵吸引过去，却在一瞬间遁影无踪。接着出现的就是一缕缕黑乎乎的炊烟，闻起来是橡木燃烧的味道，将黑灰漫撒在整个天空。

远方的群山仍隐没在阴影里。

一只燕子飞过街道，接着响起了第一声晨钟。

一家家的灯火熄灭了。一团土灰色的烟雾将整个村子笼罩。村子在晨曦里又酣睡了一会儿。

老埃斯特万骑在一头奶牛的背上，赶着牛群，行进在通往希基尔潘的两旁长着野黑樱树的道路上。他跳上牛背，为的是躲开直往脸上扑的蚱蜢。他拿帽子驱赶着飞蚊，时不时用他那掉光了牙的嘴巴尽力吹响口哨，让那些牛儿不要落在后头。牛儿们一路嚼着草，让青草上的露珠沾湿了身子。天渐渐亮起来。他听到在圣加夫列尔响起的晨钟声后，就赶忙从牛背上下来，跪在地上，伸开双臂画着十字。

一只猫头鹰在树间发出怪叫，他赶忙重新跳上牛背，脱下衬衣，让风儿吹走他的惊惧，然后继续行路。

“一,二,十……”牛群通过村口的拦畜坑时，他数着牛的数目。他抓住其中一头牛的耳朵让它停下脚步，扯着它的鼻子对它说：“秃头啊，现在你要和你的小犊子分开啦。你想哭就哭吧，这可是能见着你的小牛犊的最后一天啦。”母牛望望他，眼神平静，又甩动尾巴拍拍他，然后向前走去。

现在敲响的是最后一声晨钟。

这些燕子不知是从希基尔潘还是从圣加夫列尔飞来的；只见它们来来去去，在空中盘旋着，不时掠过地上的泥水坑，将胸口润湿；一些燕子嘴里叼着东西，用尾羽沾点烂泥然后就离开大路远去了，消失在灰暗的天际。

云朵已经飘到群山之间，远远望去，倒像是那些青山的裙子上缀着的灰色补丁。

老埃斯特万向天空中疾速飘过的五彩云条抬眼望去：有红色的、橙色的、黄色的。群星正在慢慢地变成白色。最后的几点星光熄灭了，太阳整个地喷了出来，在草尖上洒下一颗颗水晶般的露珠。

“我的肚脐一直露在外面，冷飕飕的。我记不得为啥会那样。我到了畜栏门口，没人给我开门。我拿起块石头敲门，把石头都砸裂了，还是没有人出来。那会儿我只当是我的老爷堂胡斯托还在睡大觉呢。我跟那些奶牛啥也没说，啥也没解释，就自个儿走开了，不让它们瞧见，免得它们跑来跟着我。我摸到篱笆矮点儿的地方，翻到另一边，落在一群小牛犊里头了。我正在把畜栏门闩抽出来的时候，看见堂胡斯托老爷从阁楼那边下来，把熟睡的玛嘉丽塔姑娘抱在他怀里，一路穿过畜栏，没有发现我。我蜷着身子贴着墙，躲得好好的，他肯定没见着我。至少当时我是那么想的。”

老埃斯特万一边让奶牛一头一头地进了栏，一边挤着奶。最后是那头要和小牛犊分开的母牛，一直在不停地哞哞叫，老埃斯特万心生怜悯，也让它进去了。“最后一次啦，”他对母牛说，“看看它，舔舔它吧。再看看吧，好比它快要死啦。你就要生了，还跟这个长不大的东西亲热。”他又对牛犊说：“再尝几口吧，这些奶头现在不是你的啦；你准会发现，这奶好鲜，鲜得像是喂新生儿吃的。”可他看到它同时吸着四个奶头时，便踢了它几脚。“你这牛犊子，看我砸烂你的嘴。”

“要不是堂胡斯托老爷忽然从那里冒出来，我还真会把那牛鼻子给砸烂了。堂胡斯托朝我猛踢，要我安静下来。他给我一顿暴揍，直把我打晕在石头堆里。我一身的骨头像是散了架，都要一块块爆掉了。我记得我一整天都浑身麻木，后来又发肿，疼得厉害，浑身动弹不得。到今天都还疼着呢。

“后来呢？我不知道。我不再给他干活了。谁也不给他干活了，因为就在那天他死掉了。您不知道吗？他们跑到我家里来告诉我的，那会儿我正躺在床上，我老伴在一边给我敷药。他们跑来告诉我这个消息。说是我把他给杀了，外面是这么传的。可能是吧，可我真记不起来了。您不认为杀人是会留下痕迹的吗？应该是有的，更何况是杀了自己的主子呢。他们把我关在牢里，肯定是有什么原因的，您不这么认为吗？虽然，您看，在我打小牛犊之前，还有老爷扑上来揍我的那会儿，那之前的事情我都记得很清楚；打那之后，就啥都记不清了。我只觉着一头睡过去了，醒来的时候，我就躺在自己的床上了，我老伴在一旁安抚我的伤痛，好比我是个小孩子，不是现在这个报废了的老头子。我就跟她说：‘你住嘴吧！’我记得很清楚我是跟她这么说的，我怎么会不记得我还杀过一个人呢？可是，他们说我杀了堂胡斯托。他们凭什么说我杀了他？说是用一块石头干的，对吧？好吧，这还不算坏，他们要说我是用一把刀干的，那他们真是脑子坏掉了，因为我打小时候起就从没在身上带过刀子，好多年啦。”

胡斯托·布朗毕拉把他外甥女玛嘉丽塔小心翼翼地放在床上，只怕弄出声响。隔壁房间里睡着他的姐姐。她瘫痪在床已有两年，整个身子都坏了，动弹不得，脑子却始终处在清醒状态。她只在大清早有那么一会儿犯困，然后就像死了一样沉睡过去。

现在，太阳出来了，她醒了。当胡斯托·布朗毕拉把熟睡的玛嘉丽塔轻轻放在床上时，她开始睁眼。她听到女儿的呼吸声，问道："昨晚你去哪儿了，玛嘉丽塔？"在把玛嘉丽塔惊醒的尖叫声响起之前，胡斯托·布朗毕拉已经悄悄地离开了房间。

此时是清晨六点。

他走向畜栏，去给老埃斯特万开门。他还想到要上阁楼去把他和玛嘉丽塔过夜的床卸掉。要是神父先生准许的话就好了，我就能娶她了；可我要真去求他，准会闹出一桩丑闻的。他会说这是乱伦，然后把我们俩开除教籍。还是保守秘密为好。他正想着这件事的时候，撞见老埃斯特万正在和小牛犊打斗，只见他把他铁丝一样的手伸到那畜生的鼻孔里，踢着它的脑袋。看上去小牛犊是受了伤，因为它一个劲儿把蹄子在地上蹭来蹭去，直不起身子来了。

他飞奔过去一把抓住老头的脖子，将他摔在石堆上，抬腿朝他猛踢，对老头吼着他听不懂的话。然后他感到眼前一阵模糊，随即重重地摔倒在畜栏的铺石路面上。他想抬起身来，却又倒了下去，试过第三次后，他就不动了。他想睁开双眼的时候，一团黑云遮住了他的视线。他并没有感到疼痛，只觉着一片黑乎乎的东西黯淡了他的思维，最终是完全的黑暗。

老埃斯特万起身的时候，太阳已经老高了。他趺趺撞撞地走起路来，一面不住地呻吟。不晓得他是怎么把门打开，上了大路的；也不晓得他是怎么凭着一双已经睁不开的眼睛，血迹洒了一路，终于摸回家的。他到了家，就往他的破床上一躺，又睡去了。

大概是在上午十一点钟的时候，玛嘉丽塔走进畜栏，一边寻找着胡斯托·布朗毕拉，一边哭哭啼啼，因为她母亲在好好训了她一顿之后骂她是个妓女。

她发现胡斯托·布朗毕拉已经死了。

“说是我把他杀了。可能是吧。不过也有可能他是给气死的。他脾气可坏了。他觉得一切都很糟糕：比如说牲口槽很脏，比如说水池里没水了，比如说牛儿都太瘦了。他觉得一切都很糟糕，就连我长得瘦也让他不开心。我怎么可能不瘦呢，我都没得吃。我还要赶着牛群来来去去：我把它们带到希基尔潘，他在那里买了块草场；我等着牛儿们吃完草，然后再把它们往回带，得赶在早上回来。就像走在没有尽头的朝圣路上哪。

“现在呢，您看，我给逮捕了，给关进牢里，下个礼拜就要因为杀害堂胡斯托的罪名受审了。我真记不得了，不过可能是的吧。兴许那会儿我们都啥也看不见，都不知道我们其实都在要对方的命。可能是吧。到我这个年纪，记忆是会骗人的；所以我感谢上帝，因为既然他把我所有的能力都终结了，我就没什么损失了，反正我什么也没有啦。至于我的灵魂，我也托付给上帝啦。”

浓雾又一次降临在圣加夫列尔。青色群山之间，太阳仍在发着光。一团灰烟笼罩了整个村庄。然后黑夜来临。这天夜里，全村都在服丧，人们没有亮灯，因为堂胡斯托是光明的主宰。群狗齐吠，一直叫到天明。一整个夜晚，人们都在守灵，教堂的彩色玻璃被蜡烛的火光照亮。在夜的半睡半醒中，女人们用假声唱着：“出来吧，出来吧，出来吧，苦痛的魂灵。”丧钟彻夜鸣响，直至天明，才被晨钟打断。

那个夜晚，他掉队了

“你们怎么走得这么慢？”费里西亚诺·鲁埃拉斯问前头的人，“这样下去我们要睡着的。你们难道不想早点到吗？”

“明天天亮的时候就能到啦。”他们回答道。

这是他最后听到他们说的话。最后一句话。不过，这是他后来才想起来的，过了一天才想起来的。

三个人走在路上，眼睛盯着地面，试图利用黑夜里那一点点亮光。

“天黑更好，这样他们就看不见我们了。”之前不久，或者也许是前一天晚上，他们也这么说。他不记得了。睡意模糊了他的神志。

现在走上坡路时，他感到睡意又一次袭来。他感觉它朝他步步逼近，把他团团围住，像是在寻找他身上最犯困的那部分，直至爬上他斜挎着几支来复枪的后背。

地面变得平坦的时候，他加快了步伐。开始上坡的时候，他的步伐又放慢了；他开始缓慢地颠着脑袋，步子越来越小，头也颠得越来越慢了。另两个人跟他一起翻山越岭，现在他们远远地走在前头了，而他还在晃着他那已然熟睡的脑袋。

他渐渐落在后面了。他面对着高度几乎和他眼睛持平的道路。还有沉重的来复枪。还有爬到他背上去的睡意。他的背给压得越来越弯了。

他感到自己的脚步声渐渐消失了——谁晓得是从什么时候开始，谁晓得是连续多少个夜晚，他都能听到这低沉的脚步声——第一晚，从马达莱纳到这里，然后第二晚从那里到这里，今天是第三晚。他想，假使我们能在白天睡一觉的话，也耽搁不了多久。可他们不愿意。“他们会趁我们睡着时把我们捉住的，”他们说，“那样最糟糕了。”

“对谁来说最糟糕呢？”

现在是睡意让他开口说话了。“我让他们等一等的：我们还是歇一天吧。明天我们早点动身；万一要跑，也会更有劲头，力气更足。这完全可以的。”

他停下脚步，眼睛紧闭着。“够了，”他说，“我们走这么急，能得到什么？也就一天工夫。反正我们已经耗掉好多时间了，这划不来。”他便大喊起来：“你们在哪儿？”

然后他几乎是暗暗地说道：“你们走你们的吧。走吧！”

他斜靠到一棵大树上。脚下的土是冰冷的，他的汗水也很快没了热度。这应该就是他们跟他说过的那座山。山下面的气候是温暖的，到了上面，冷气直往他披风底下钻：“就好像有人把我的衬衫掀开，用冰冷的手在我身上摸来摸去。”

他缓缓地坐在了苔藓上。他张开双臂，像是要丈量一下黑夜的大小，却碰着了一丛树木。他吸了一口带着松脂味的空气，然后就躺在湿湿的地上，感到自己的躯体渐渐没有了知觉，由着自己滑入了梦乡。

黎明的寒意把他冻醒。是露水散发出的潮气。

他睁开眼睛，透过乌黑的枝丫，看到在明净的夜空中闪耀的星星。

天黑了。他想。然后又睡去了。

听到喊叫声和马蹄在干硬的土路上急促踢踏的声音时，他这才坐起身。地平线上笼罩着一层黄光。

马夫们从他身边经过，盯着他看。他们向他打招呼："早上好！"可他没有回应。

他终于想起他该干什么了。现在已是白天。他本应该在夜里翻过这座山，以免被哨兵发现。这条路可是给把守得最严的。他们早就跟他讲过了。

他捡起那几支来复枪，甩到背上去。然后他跳到路的一边，抄山上的小路迎着太阳升起的方向走去。他上上下下，翻过一座座满是土坷垃的山岗。

他感觉好像听到那些马夫在说："我们是在那上头看见他的。他是长得这样子的，带了好多武器。"

他扔下了枪，然后解开了弹药带，顿时觉得通体轻盈，于是撒腿飞奔，似乎要和马夫们比赛谁先赶下山来。

他得"爬到山顶，绕过台地，然后下来"。他正在这么做。上帝保佑。他们早先吩咐他的，他正在照办，但时间不对了。

他走到了高地边上，放眼眺望远方那灰色的大平原。

他们应该走到那里了。他们再也不用爬什么坡了，兴许正晒着太阳歇脚呢。他想。

然后他一倒身子，从高地上下来，连滚带爬。

“上帝保佑！”他口中念叨着。他滚得更厉害了。

他感觉好像还能听到那些马夫说话的声音。他们对他说：“早上好！”他觉得他们的目光是狡黠的。他们会赶到第一个哨兵那里，跟他讲：“我们在某某地方看见那个人啦，他要不了多久就会经过这里啦。”

他忽然静止不动了。

“基督啊！”他说道。他本还想叫一声“基督王万岁！”，但还是打住了。他从口袋里掏出手枪，把它放在衬衣底下，紧贴着皮肉，给自己壮壮胆。他轻轻地踩着步子，摸到“蓝水”马场的边上，紧盯着在大堆大堆的篝火旁取暖的、喧闹的士兵们。

他一直摸到篱笆边，终于看清楚了，他认出他们的脸来，就是他们，是他的两个叔叔塔尼斯和黎布拉多。士兵们围着火堆转来转去，而他们给吊在马场中央的一棵牧豆树上，晃来晃去。从篝火堆上升起的烟模糊了他们失去神采的眼睛，熏黑了他们的脸，而他们对此好像并无知觉。

他不想再看下去了。他沿着篱笆爬了一段，最后躲到一个拐角边上，放松一下身体，尽管他感到胃里有只虫子在翻滚。

他听到头顶上有人在说：

“等什么呢？还不把这两个放下来？”

“我们在等另外一个。说是三个的，那么就该是三个。听说那个掉了队的是个小毛孩儿；不过，小毛孩儿归小毛孩儿，就是他设下埋伏，把帕拉中尉手下的人全给吃掉了。他应该在这里落网。这两个老一点的，比他还要狡猾，就是在这里落网的。少校说了，从今天到明天，他还不来的话，我们就把经过这里的第一个人干掉，那就算完成任务啦。”

“那为什么我们不出动去找他呢？这样起码还能解解闷。”

“用不着。他肯定会来的。他们所有的人都在马不停蹄地往科曼哈山赶，去那里和‘十四个’带的‘基督军’[1]会合。这几个是最后几批人里的了。其实最好是放他们过

1 “基督军”指的是1926年至1927年因不满宪法中有关限制天主教会自主权的条款而起兵反对墨西哥政府的武装分子。“十四个”指的是“基督军”中的著名军官维托里亚诺·拉米雷斯，据传他曾以一枪令十四人毙命，因此得名。——译注，后同

去，让他们去和驻在洛斯阿尔托斯的友军交火。”

“这样是挺好。不过可别因为这个结果把我们也派到那里去。”

费里西亚诺·鲁埃拉斯又等了一会儿，一直等到那把他的胃挠得直痒的喧闹声平息下来。然后他深吸了一口气，就好像要潜入水里一样，弯下腰，趴在地上，用两只手带动着身体，溜走了。

一直爬到河边的斜坡时，他才抬起头来开始狂奔，在满地的麦茬儿中开出一条路来。他只顾着往前跑，不回头也不停步，一直跑到他觉得河流在大地上消失的地方。

他这才停了下来，然后抖动着身子猛吸了一口气。

我们分到了地

看不到一片树影，或是一颗树种，或是哪怕一块根茎，走了好久的路，才听到狗的叫声。

走在这没有边际的道上，有时候会觉得前面什么也不会有；在那一边，穿过这满是裂缝和干河床的平原，啥也看不到。不对，还是有东西的。有一个村子。能听到几条狗在叫，空气中能感觉到炊烟的味道，闻着这人烟的味道，好像有了希望呢。

可是村子还在很远的地方呢。是风把它挪近了。

一大清早我们就上路了，一直走到现在。这会儿该是下午四点钟了吧。有人伸长了脖子，朝挂着太阳的地方抬眼望去，然后说：

“大概是下午四点吧。”

他叫梅里东。同在路上的还有法乌斯蒂诺、埃斯特万和我。一共四个人。我数数看：两个在前，另外两个走在后面。再往后面看，就看不到一个人了。于是我心想：就我们四个了。不久之前，大概十一点钟的样子吧，我们还是二十来号人呢；渐渐地一个一个地跑散了，就剩下我们这拨人了。

法乌斯蒂诺说：

“没准儿会下雨呢。”

大伙儿齐刷刷抬起头来，看到一块厚重的乌云飘过头顶。我们便想：没准儿真会呢。

心里想着的，我们并不在嘴上说出来。我们早已没有讲话的兴致了，因为天太热了。换了别的地方，兴许还能乐呵呵地讲两句，可在这里，讲话是很费力气的。在这里，一旦开口，嘴里的话语就会给外面的热浪烘得滚烫，然后舌头变干，最后连气也喘不上来了。

在这里，就是这样。所以谁也不高兴讲话。

一滴硕大的水珠掉落下来，在地上砸出一个小坑，变成唾沫似的一团。只掉下一滴。我们期待着还能掉下更多的水珠来。雨还是没下。现在若是看天上，能看到雨云急匆匆地跑远了。从村子的方向吹来的风跟云团缠在一起，把云团向群山的蓝影那边推去。那不小心掉下来的雨滴被干渴的大地一口吞下，转瞬间没了影。

是哪个混球把这大平原给造出来的？造出来做什么用呢？

我们继续走下去。方才我们停了一会儿，想看看雨。雨没有下。现在我们继续行路。我心想，我们先前走过的路加起来，也没有这回走的路长。我无意间想到这个。当真要下雨了，兴许我会想到别的东西。不过，我明白，打小时候起，我就从没见着这平原上下过雨，那所谓的“雨”。

没有用，这平原不是什么有用的东西。平原上没有兔子也没有鸟。啥也没有。除了几株干枯的金合欢，要不就是零星散布的卷着叶子的草丛。要不是这些，那是真的啥也没有了。

我们就在这样的路上前行。四个人，靠脚底板走路。从前我们是骑着马的，身上还斜挎着一支卡宾枪。现在我们身上连卡宾枪也没有了。

我总觉得他们把我们的卡宾枪收了去是对的。在这个地方，带着武器行路是很危险的。谁要在背带上绑着“30”[1]，随时都有可能被干掉，连招呼也不打一声。至于马，那就是另外一回事儿了。我们要是骑马过来，准已喝过河里的绿水，并且在镇上走街串巷找吃的把肚子填个实足。倘使能骑上先前拥有过的马，我们现在准已经吃饱喝足了。可是，他们不光把我们的卡宾枪给收走了，也把我们的马给夺了去。

我朝四面转动着身子，望着平原。这么多的地，却是啥用也没有。没有任何可以注目的东西，眼睛就定不住方向了。只看见几只小蜥蜴，它们从小洞里爬出来伸伸脖子，不一会儿就尝到了日头的厉害，便溜进一块石头的影子里躲起来。可我们呢，我们将来要在这里劳作的啊，我们有什么办法消暑呢？他们分给我们播种的，就是这样一块不毛之地。

他们跟我们说：

“从村子到这里的地，都是你们的。”

我们就问：

1 指 .30 卡宾枪。

"就是这块平原？"

"是的，就是这块平原。整个大平原。"

我们住口了，我们的意思是，我们不要这平原。我们要河边的土地。从河边到那里，净是肥地，长着那些叫木麻黄的树，还有青草，还有很好的土。我们不要这摊叫作"平原"的硬牛皮。

可是，他们不让我们把自己的想法说出来。委员来这里，不是来跟我们商量的。他把文件放到我们手上，对我们说：

"这么多地呢，都给你们啦，你们可不要高兴坏了啊。"

"可是委员大人，这平原哪……"

"可有千万荣达[1]呢……"

"可没有水啊。想喝口水都不知道上哪儿找去。"

"不会下雨吗？谁也没跟你们说会给你们灌溉地啊。一下雨，玉米就会像给拉直了一样挺起来啦。"

"可是，委员大人，这地已经坏掉了，可硬着呢，跟石头一样，我们才不相信我们的犁能翻进去哩。真要播种的话，得先拿锄头敲窟窿，就算这样，也种不出什么东西

1 荣达，墨西哥面积单位，为 3.5 至 6 公顷不等。

来的。长不了玉米的，啥也长不了。”

“这个嘛，你们要书面反映。现在你们回去吧。你们的矛头要对准大庄园，不要对着给你们地的政府。”

“您等一等，委员大人。我们可没说什么反政府的话。要反对的，只是这块平原……我们总不能做没办法做的事啊。我们说的是这个意思……您等一等，听我们跟您说。这样的啊，我们回到一开始说的……”

可是，他不想听我们说。

就这样，他们给了我们这块地。他们想让我们在这块烫得像饼铛似的地上种东西，看看能不能冒出一根芽，长起一株苗来。可是，这里是什么也长不出来的。连秃鹫都不会停留。它们时不时地出现在那里，在高高的天上，飞得贼快；它们要飞离这块白花花的硬土地，恨不得越快越好。在这块地上，没有什么东西在移动。在这里前行，仿佛是在往后退着步子。

梅里东说：

“这就是我们分到的地啊。”

法乌斯蒂诺说：

“怎么？”

我什么也没说。我心想：梅里东的脑子坏掉了。他一定是给热坏了，才这么说的。热气穿透了他的帽子，烤焦了他的脑子。要不然，他为什么会说这样的话？我们分到了什么地呀，梅里东？这里连风儿用来玩转圈游戏的沙土也没有。

梅里东又说：

“总归有点用的，哪怕用来跑马。”

“什么马呀？”埃斯特万问他。

我之前从没有仔细打量过埃斯特万。现在他开口讲话，我才注意到他。他穿着件刚好把肚脐眼遮住的外套。他从外套下面拎出一个母鸡模样的脑袋来。

没错，埃斯特万藏在衣服底下的，是一只红母鸡。它的眼睛好像还没睡醒，张着嘴好似在打着哈欠。我问道：

“喂，特万，这鸡你是打哪儿捡来的？”

“本来就是我的。”他说。

“你之前没带着它啊。你在哪儿买的，嗯？”

“不是买的，这鸡是我自家养的。”

“那么你是把它带在路上改善伙食的，对吧？”

“不是啊，我带着它，一路照顾它。我家里没人了，家里没人能喂它吃的了，我只好把它带上路了。我只要出远门，总要把它带在身上的。”

"你把它藏在里头，会把它闷死的。还是让它透透气吧。"

他把鸡放进怀里，朝它吹了口热气，然后说：

"我们走到悬崖边上啦。"

他还在继续说，我已经听不到了。走下坡路，我们得排成一列，他就走最前头。我只见他抓住母鸡的两只脚爪，时不时晃一下，以免让它的头撞到石头上。

越往下走，土质就越好。从我们的脚底升起尘烟来，好像是一群骡子正从坡地上下来；可是，我们喜欢罩上一身尘土。我们喜欢这样。踩着平原的坚硬地面走了十一个钟头，现在终于被那在我们头顶上跳跃着、闻起来像泥土的东西包裹起来，我们感觉好极了。

在河流之上，绿色的恰恰拉卡鸟一群一群地飞过木麻黄绿色的树冠。这也叫我们喜欢。

现在，在这里，狗叫声就在我们身边响起，从村子的方向吹来的风在峡谷里回旋往复，于是整个峡谷里都荡起了狗叫声。

当我们走近最先看到的一排房屋时，埃斯特万又抱紧了他的母鸡。他松开了它的爪子，好让它麻木的身子恢复过来，然后他和他的母鸡一同消失在几棵牧豆树之后。

“我会回到这里来的！”埃斯特万对我们说。

我们继续前行，往村子的深处走去。

我们分到的地，在那高高的地方。

科马德雷斯坡

托里柯兄弟生前一直是我的好朋友。也许在萨波特兰他们不讨人喜欢，可是在我，他们一直是我的好朋友，到他们死之前的一刻，我们都是好朋友。萨波特兰的人不喜欢他们，现在这没什么要紧的，因为那儿的人也不喜欢我。我也明白，对我们这些住在科马德雷斯坡的人，萨波特兰的人是从来没有好脸色的。打很早很早以前就这样了。

另外，在科马德雷斯坡，托里柯兄弟和所有的人都不好。老是有不愉快的事情。另外，我再多唠叨几句，这里的土地，还有土地上的房子，全是他们的。全都是。当初分地的时候，科马德雷斯坡的大部分土地是平均分给我们这六十个住户的，而他们呢，托里柯兄弟呢，只分到一块长着龙舌兰的山地，可差不多所有的房子都盖在那里。虽说分了地，科马德雷斯坡还是托里柯兄弟的。我耕的那块地也属于他们：奥迪隆·托里柯和雷米希奥·托里柯。坡下面远处的十几个绿色的小山包也全是他们的。用不着去刨根问底，所有的人都知道究竟是怎么回事。

可是，打那时候起，科马德雷斯坡就慢慢地荒掉了。时不时就有人搬走，他们穿过插着高高木桩的拦畜坑，消失在橡木林里，从此再也不会回来了。他们走了，如此而已。

我也想跑过去看看，在那让人一去不回的山背后，究竟有什么东西，可我还是喜欢科马德雷斯坡上的那一小块地，况且我还是托里柯兄弟的好朋友呢。

我的那块地在坡上头，山坡在那里下到一处被叫作“牛头”的悬崖上。每年我都在地里撒点玉米，收些嫩玉米棒子，也种点菜豆。

这地方不算坏，可只要一下雨，土就会变得稀烂，然后就会出现一片又硬又尖利的石头块儿，这些石头块儿会像树一样越长越高。不过，玉米还是牢牢地给吸在地里，结出来的玉米棒子还是相当甜的。托里柯兄弟不管吃什么东西都要加石盐，但吃我的玉米的时候是不加盐的；他们吃我的玉米的时候，从来没打算过也没说过要往玉米上撒盐，因为那是在“牛头”上种出来的玉米。

尽管如此，尽管那下面的绿山包的土要更好，人还是慢慢地走光了。他们不是往萨波特兰的那一边去，他们去的是另外一个方向，在那里，常有清风吹来，满带着橡木的气味和大山的声音。他们走的时候紧闭着嘴巴一言不发，啥也不说，也不跟任何人干架。他们肯定特想跟托里柯兄弟干一架，为他们受到过的所有伤害出一口恶气；可是，他们壮不起胆子来。

肯定是这样的。

事实上，托里柯兄弟死去之后，还是没有人回到这里来。我一直在等。可没有人回来。我先是帮他们照看房屋。还给他们修屋顶，在墙上的洞眼里塞上树枝。可是眼见着他们迟迟不回来，我只好丢下这些房子不管了。从来不会迟到的，只有每年6至7月间的大雨，和每年2月间猛吹的、时不时能把人身上的斗篷掀起来的大风。还有就是这些时不时飞来的乌鸦，它们飞得低低的，“哇哇”鸣叫着，好像以为自己真来到了一块没有人的地方。

托里柯兄弟死后，这里还是老样子。

从前，从我现在坐着的这块地方，能很清楚地望到萨波特兰。在白天或是夜晚的任何一个时刻都能看见萨波特兰，远方那块白色的区域。可是现在，灌木丛已经长得很茂密了，尽管风把它们吹得左右摇晃，有它们挡着，还是啥也看不到。

我记得以前，托里柯兄弟也常会来这里，在地上一蹲就是几个钟头，直到天黑，眼睛一直望着那里，好像这个地方能让他们头脑清醒，想想事情，或者想象一下在萨波特兰转悠能看到的热闹场景。后来我才知道，他们想的并不是这些。他们只是来看路：那段宽宽的布满黄沙的山间小道，在这里能看到它的一头，蜿蜒而去，直至消失在月牙山的松林间。

我从没有见过有谁能像雷米希奥·托里柯那样望得远的。他只有一只眼。可就是这只总是眯缝着的黑眼睛，似乎能把东西拉得很近很近，好比能把东西拉到他手边一样。所以，路上有什么东西在晃动，他都清清楚楚，就好像它们在眼前一样。所以，只要他的那只眼睛乐意停留在某个人身上，他们俩就从观望的位置上起身离去，在科马德雷斯坡消失一段时间。

那时候，在我们这个地方，一切都是另外一番模样。人们把他们的牲畜从山洞里带出来，在畜栏上拴牢。可以看到有小羊羔，还有火鸡。早上起来，能看见好多的玉米和黄南瓜摊在院子里晒太阳。在小山头间穿行的风，比其他时候更冷；但是，不知为什么，所有的人都说天气很好。早上能听见鸡叫，就像在任何一个安宁的地方一样。这一切都使人觉得，科马德雷斯坡从来就是太太平平的。

随后，托里柯兄弟就回来了。在他们到来之前，大家就知道他们要回来了，因为他们的狗会一个劲儿地叫着跑出去，直到看到他们才不再叫。也单凭这狗叫声，大家就能估摸出他们在多远的地方，会从哪个方向过来。然后大家就赶忙把自己的东西再一次藏起来。

托里柯兄弟在世的时候，每次回到科马德雷斯坡，就是这样让人担惊受怕的。

不过，我可从来没有怕过他们。我是他俩的好朋友，有时候，我还真希望自己能不那么老，能帮他们做点事呢。不过，我已经不大中用了。那天晚上我帮他们抢劫一个赶马人的时候，头一次意识到这一点。当时我意识到，我少了点儿什么，因为我最好的年岁已经消耗掉了，受不了再多的折腾了。我终于感觉到了。

大概是在雨季过去一半的时候，托里柯兄弟来找我，让我帮他们搬几袋食糖。我是有点提心吊胆地去的。首先，因为正在下大雨，这种雨下起来，好像水从人脚底下往上拱一样。其次，因为我不知道是去哪里。不管怎么样，我已经觉察到，我不行了，折腾不起了。

托里柯兄弟跟我说，我们要去的地方不远。“约莫一刻钟就到啦。”他们这么跟我说。可是，当我们走上通往月牙山的路时，天已经开始黑了。待我们来到赶马人所在的地方时，已经是深夜了。

赶马人并没有站起来看是谁来了。他肯定在等着托里柯兄弟来，所以看到我们，他并不感到吃惊。我是这么想的。可是，在我们忙着搬运那几袋食糖的时候，赶马人一直静静地伏在草间。于是我把这个告诉了托里柯兄弟。我跟他们说：

“那个趴在那里的家伙，死了还是怎的？”

“不是的，只不过是睡着了。”他们跟我说，“我们让他在这里看东西，他准是等累了，就睡大觉了。”

我走上前朝他胸口踢了一脚，想让他醒醒；可这个人还是继续趴在那里。

“已经死翘翘啦。”我又跟他们讲。

“没有，你别以为他死了，他只不过是晕过去了，因为奥迪隆给他头上来了一棒子。他会起来的，你看着吧，太阳一出来，他一感觉到热，马上就会爬起来，赶忙往家里去的。把那袋糖扛起来，我们走！”他们就是这么跟我说的。

我往那死人身上最后又踢了一脚，听上去就跟踢一段枯树干似的。然后我把糖袋扛上肩膀，走到前头去了。托里柯兄弟跟在我后面。我听到他们在唱歌，一直唱到天亮。天亮的时候，我听不到他们的声音了。黎明时分吹起的风把他们的歌声带走了。我已经不知道他们是不是还跟在我后面了，然后我听见他们的狗聚在一起的叫声，四处作响。

就这样，我才知道了，托里柯兄弟每天下午坐在科马德雷斯坡我屋子的边上，究竟在看什么东西。

雷米希奥·托里柯是我杀的。

那个时候，村子里的人已经很少很少了。先是一个一个地迁走的，这几年，差不多是成群结队离开的。他们收获了庄稼，然后就走了，趁着霜冻到来之前。往年霜冻一来，就能在一夜之间把地里种的作物全毁掉。今年也一样，所以他们走了。他们肯定觉得，明年还会是这样，他们好像已经不愿再忍受每年降下的天灾和托里柯兄弟常年制造的人祸了。

所以，在我杀掉雷米希奥·托里柯的时候，科马德雷斯坡和周遭的几个山包间已经没什么人住了。

这事儿大概发生在10月间。我还记得那晚的月亮又大又明亮，因为那会儿我正利用这么好的月光，坐在家门口缝补一只满是洞洞眼儿的大布袋。这时候，那个姓托里柯的来了。

他准是一路醉醺醺地走来的。他一下子晃到我跟前，左右摇晃着，时而遮住我需要的月光，时而又把月光还给我。

“遮遮掩掩的可不好，”隔了许久，他才对我说，“我喜欢做事情正大光明，你要是不喜欢，随你的便，我可是来主持正义的。”

我继续补我的布袋。我的眼睛只管补洞，给月光照亮的针走得特顺畅。准是因为看我这样，他觉得我没把他的话当回事：

“我在跟你讲话哪！”他朝我嚷嚷道，这下他真的来火了，“你很清楚，我是来干什么的！”

他一下子扑到我跟前，嚷嚷着，把嘴张得有水罐口那么大，我稍稍给吓了一跳。不过，我倒想看看他的脸，看看他的火气有多大。我就直直地盯住他，好像在问他，他是来干什么的。

这招管用。他果然不嚷嚷了，但仍喋喋不休着，说要对付像我这样的人，得搞突然袭击。

“出事以后再来找你磨嘴皮子，把我的嘴都说干了，”他对我说，“可是，我的兄弟跟我和跟你一样这么要好，所以我才来找你，我要看看你怎么把奥迪隆的死讲清楚。”

现在我听清楚他的意思了。我把布袋放到一边，就光听他讲话了。

我知道，他认为是我把他兄弟杀了的。可这并不是我干的。我记得是谁干的，我本可以告诉他的，可看样子他是不给我跟他把事情讲清楚的机会了。

“我和奥迪隆，我们兄弟俩经常打架，”他继续跟我说，“他脑瓜子不大灵，喜欢和所有人对着干，不过他不会过分。几拳下来他就安分了。我想知道的就是：他是不是和你说了什么，还是他想抢你什么东西，还是究竟发生了什么。有可能他本想打你的，可你先出手了。总归是这类事情。”

我摇摇头，告诉他，不是的，我跟这件事一点关系也没有……

“你听着，”托里柯截住我的话头说，“奥迪隆那天是在衬衫口袋里带了十四个比索的。我把他抬起来的时候搜了搜他的身子，没找着这十四个比索。然后昨天我听说你刚买了条毛毯。”

这倒是事实。我刚买了一条毛毯。眼看着天气很快转凉，之前用的那件披风已经烂成一堆破布条了，我就去萨波特兰买了条毛毯回来。为了这个，我卖掉了我的两只小山羊，我可不是拿奥迪隆的那十四个比索买的。他能看到，我的布袋上满是洞洞眼儿，因为我得把小山羊塞进去带上路，因为它们还不能如我所愿地跑路。

“我就跟你讲一次，我要给奥迪隆报仇，不管是谁杀了他。我知道是谁。”他几乎是贴着我的头顶在说。

“那么，你认为是我干的了？”我问他。

“还会是谁？我和奥迪隆都是不要脸的东西，随你怎么说，我也不保证我们从来没杀过人；可我们从来不为那么一点事就杀人。我要你明白这一点。”

10 月的大月亮把整个院子都照亮了，雷米希奥的影子一直伸长到我家的墙壁上。我看到他往一棵山楂树走去，然后一把抓住我挂在那里的砍刀。然后，我看到他手上拿着砍刀走了过来。

他从我跟前走开的时候，我插在布袋上的针给月光照得闪闪发亮。不知道为什么，我突然对那根针产生了极大的信仰。于是，在雷米希奥·托里柯走到我身边的时候，我把针上的线抽掉，不由分说地把针插进了他的肚子里，在靠近肚脐眼的地方。我把针整个儿地插了进去，然后才放手。

然后，他就像肠绞痛发作似的弯下腰来，开始浑身抽搐，渐渐地蜷起腿来，最后坐在了地上，缩成一团，那一只独眼里露出恐惧的神色来。

有那么一会儿，他好像要直起身来砍我一刀；可他准是后悔了，或是不晓得该干吗，他放下砍刀，又一次扭动着身子。然后他就不动弹了。

此时，我看到他的目光渐渐变得忧伤，好像是感觉自己不行了。我很久没有见过这样悲伤的目光了，我都开始同情他了。于是我把针从他肚脐眼里拔出来，往更上头的位置插了进去，我觉得他的心脏就在那儿吧。没错，就在那儿，他只是哼哼了几下，就像一只被剁了头的小鸡，然后他就不出声了。

他应该已经死了，这时我对他说：

“听我说，雷米希奥，你得原谅我，我真的没有杀奥迪隆。是阿尔卡拉斯家的人干的。他死的时候，我正在那里。可我记得很清楚的，我没有杀他。是他们干的，是阿尔卡拉斯全家人干的。他们扑上去打他，等我发觉的时候，奥迪隆已经没几口气了。你知道什么原因吗？首先就因为奥迪隆不该去萨波特兰。这个你晓得的。在那个村子里，有那么多人这么惦记着他，他在那儿迟早要出点事。阿尔卡拉斯一家也不喜欢他。他为啥要去跟他们惹麻烦，你不晓得，我也不晓得。

“这事儿来得很突然。我刚刚买了我的毛毯，正要离开那里，这时候你兄弟往阿尔卡拉斯家一个人的脸上吐了口酒。他只是闹着玩玩而已。所有人都能看见，他这是在寻开心，因为他把所有人都逗乐了。可所有人都喝醉了酒。奥迪隆、阿尔卡拉斯家的人，所有人都喝醉了。他们立马就扑了上去。他们拔出随身带的刀来，把他团团围住一顿暴揍，砍得奥迪隆身上没一块地方有用了。他就是这么死了的。

“你看，杀他的人不是我。我要你明白，一点儿也不含糊，我可没有惹一点事儿。”

我对着死去的雷米希奥讲了这些话。

当我带着空空的大口筐回到科马德雷斯坡的时候，月亮已经钻入橡木林的另一边了。在把大口筐收起来之前，我先把它按到溪水里浸了几下，把上头残留的血迹清洗干净。这大口筐我接下来就要用，我可不想总是看到雷米希奥的血。

我记得这是发生在10月间的事情，那时候萨波特兰正在庆祝节日。我说我记得是那些天发生的事情，因为那时候在萨波特兰，人们正在放炮仗。炮仗每响一声，在我扔掉雷米希奥尸体的那个地方就会飞起一大群秃鹫。

这些我都记得。

都是因为我们穷

这里的一切都越来越坏。上个礼拜，我姑姑哈辛达死掉了。礼拜六的时候，等我们把她埋葬好，悲痛稍稍有些减轻时，又开始下大雨，好像从没下过这么大的雨呢。这可把我爹给气坏了，因为刚收来的所有麦子全都晾在院子里呢。大雨说到就到，大水滚滚而来，连一捆庄稼都来不及收了。我们全家人唯一能做的，就是互相靠在一起，躲在屋顶下，看着这从天上浇下来的冷水把那刚刚收割来的黄澄澄的麦子统统毁掉。

也就在昨天，我姐姐塔霞满十二岁的日子，我们得知，我爹送给她做命名日[1]礼物的那头母牛给河水卷走了。

河水是从三天前的早上开始上涨的。当时我睡得正香，河水流过时发出的巨响猛地把我惊醒，我从床上跳了起来，手上还抓着毯子，以为我家的房顶快要塌下来了。不过，后来我还是继续睡大觉了，因为我听出这是河水的声音，而且这声音毫无变化，让我又有了睡意。

等到我起来的时候，上午的天空中布满了乌云，雨好像一直都在下。听得出来，河水的咆哮声更猛烈了，好像离这里更近了。浊水发出的恶臭，闻起来像是什么东西被烧焦了。

我出来张望的时候，河水已经把河岸给淹没了。河水漫到大路上，逐渐上涨，迅速涌到那个绰号“大鼓婆”的女人家里。大水冲进畜栏，分成好多道大水流从门口涌出，只听见哗啦啦的巨响。“大鼓婆”在这已是一条河的水面上来回奔忙，把她养的那些母鸡赶到大路上，让它们自个儿去找个能避水的地方。

而在另一边，在河流拐弯的地方，河水准是把我哈辛

1　命名日属于天主教国家的传统。日历上的每一天都对应一位圣徒，一个人的命名日也就是与自己同名圣徒的纪念日。命名日可以和生日是同一天。后文中那头母牛又被说成是“生日礼物”，可见塔霞的命名日和生日是同一天。

达姑姑家院子里的罗望子树给卷走了，天晓得是什么时候卷走的，因为现在看不到半点儿罗望子树的影子了。这是村子里唯一的一棵罗望子树。就因为这个，人们才发觉，这次涨水是这么多年来最大的一次。

我和姐姐下午又跑去看大水。水变得越来越浑，颜色也越来越深了。原来那座桥所在的地方，水位已经比早先高出许多了。我们就待在那里，不知疲倦地看着这样的景象，一连好几个钟头。然后我们爬上山坡，想听听人们都在说些什么，因为在下面，就在河边上，水流声很大，只见到许多人的嘴巴张张合合，好像在说什么，可是听不到他们的声音。于是，我们爬上山坡，发现那儿也有好多人，望着河水，历数大水造成的祸害。就是在那里，我们得知“小花蛇”，就是我姐姐塔霞的那头母牛，我爹送给她做生日礼物的，长着一只白耳朵，一只红耳朵，眼睛很漂亮的母牛，叫河水给卷走了。

我知道，这条河已经不是“小花蛇”平常认识的那条河了，可我还是弄不懂，它为什么想蹚过这条河。“小花蛇”可从来不犯迷糊的呀。最有可能的是，它是半睡半醒地蹚进河的，就这样丢了性命。好多回打开畜栏门的时候，我得把它叫醒，要不然它就整天静静地闭着眼睛，叹着气，就像别的母牛一样边睡边叹气。

这回它准是又睡着了。也许是在感觉到沉重的河水撞击着它的胸口的时候，它才猛的惊醒。也许当时它吓坏了，想往回走；可是当它回头的时候，发觉自己已经被困在那像泥石流般浑黑厚重的水中，浑身抽搐。也许它也叫了几声，想求人救它。

它是怎样叫唤的，只有上帝晓得了。

有位先生是看到河水把“小花蛇”卷走的，我问他还有没有看到跟“小花蛇”走在一起的小牛犊。可是那人说，他不知道他看到过没有。他只是说，那头花白颜色的母牛四脚朝天漂过去的时候，离他当时站着的地方很近，只见它扑腾了一下，然后就不见了，头啊脚的，啥也不见了。河面上浮着好多整棵整棵的大树，树根也还连在上头，他当时忙着捞木柴，没工夫看清楚河水卷走的究竟是牲畜还是大树。

所以，我们不晓得小牛犊有没有活下来，还是跟在它娘后头漂到下游去了。若是这样的话，但愿上帝保佑它们俩吧。

现在我姐姐塔霞啥也没有了，我们家里人愁心思的事情，明天就有可能发生。因为“小花蛇”可是我爹花费了好多气力搞来的，当时它还是头小母牛。我爹打算把它给我姐，为的是她能有个值钱的东西，不要像我另外两个姐姐那样，去干出卖身体的勾当。

听我爹说，我那两个姐姐早就不学好了，因为我们家太穷，她们又不听话。她们打小就喜欢发牢骚。等到长大了，她们就喜欢跟最坏的那种男人混在一起，那些男人净教她们干坏事。她们学得很快。他们深更半夜跑过来叫她们的时候，她们对那几声口哨是很明白的。后来，她们干脆白天也敢溜出去了。她们时不时就去河边打水，有时候，谁也想不到，她们竟在畜栏里的泥地上打滚了，全都光着身子，每个人的身上都趴着一个男的。

于是，我爹就把她们两个赶出门了。一开始，他尽量忍受她们的所作所为；可是后来他再也忍受不了了，就把她们赶到街上去了。她们去了阿尤特拉，或者我也不知道究竟去了哪里；反正她们是做了妓女。

所以，我爹开始为塔霞犯难了，他不想让她落得和她那两个姐姐一样的下场。现在牛没了，他觉得她一下子变得好穷。现在她没什么东西可以拿来寻开心了，可她还在一个劲儿地发育，还想嫁一个能永远喜欢她的好男人。现在，这可要变得困难了。若是牛还在，情况就不一样了，到时总会有人要娶她的，至少人家会看中那头漂亮的母牛，要把它也一并带走。

现在我们唯一的希望就是，那头小牛犊还活着。但愿它没有跟在它娘后头往河里钻。因为要是它还活着，我姐塔霞就不至于掉进火坑里了。我娘也不希望那样。

我娘不知道为啥上帝要这样惩罚她，给了她这样的两个女儿，她家里从她奶奶那辈一直到她，可从来没出过坏人啊。所有人都是在对上帝的敬畏中长大的，都很听话，从没有招惹过谁。所有人都是一个样。谁晓得她这两个女儿是跟什么人学坏的。她想不起来了。她一遍遍地回想，想不起来她究竟错在哪里，作了什么孽，以致生下来一个又一个沾上同样坏习惯的女儿。她实在想不起来。回回念起她们，她都要抹眼泪，还要说："愿上帝保佑她们俩。"

我爹说，那两个是没救了，危险的是现在待在家里的这个塔霞，还在跟松树似的一个劲儿地长，一对乳房已经冒了出来，准会和她的姐姐们一个样：乳头尖尖的，乳房高高的、鼓鼓的，引人注目。

"错不了，"他说，"不管她走到哪里，只要让人瞧见，准会把人家的眼球撑破的。她最后要变坏的，我看她最后是要变坏的。"

这就是让我爹犯难的事。

塔霞呢，知道她的母牛给河水卷走了，再也不会回来了，就一个劲儿地哭。她就在这里，穿着她那粉红色的长裙，站在我身旁，从山坡上望着河水，没完没了地哭。一行行脏泪淌过她的脸颊，好像大河钻到她身体里头去了。

我抱住她，想安慰安慰她，可她听不懂我的话，反而哭得更厉害了。她嘴里发出和水流拍击河岸一样的声音，这声音让她浑身打战，而河水还在继续涨。从远处飘来的腐臭的气味直往她湿漉漉的脸上扑，她的一对奶子不停地上下跳动着，好像马上就要开始膨胀，去做让她堕落的勾当了。

那个人

那个人的脚踩进沙里，留下轮廓模糊的足印，像是某种动物的蹄印似的。这双脚爬过一堆乱石，感觉到地势渐陡，因而弯曲了些许，接着再往上走，寻找着地势平坦的地方。

“是个平脚板，”追赶他的人说，“还少了一个脚趾。他左脚上缺大脚趾。有这种特点的人不多，这就好办了。”

小路一直向上延伸。它隐没在草丛中，布满荆棘，常有坏女人出没其间。这么狭窄的道儿，看上去真像是蚂蚁踩出来的。小路直向天空延伸，消失在远处，然后又在更远的地方、在更远的天边重新出现。

那双脚沿着小路继续行进。那个人踩着脚后跟上的老茧一路走着，他的脚指甲划过一块块石头，两只胳膊不时蹭着峭壁。每到一处平地，他都会停下脚步，看看有没有走到头。“不是我，而是他要走到头了。”他说。然后他转过头来，看看方才是谁在讲话。

没有一丝风，只有他发出的声响在枯枝间回荡。他一路摸爬而来，已觉得头晕目眩。他艰难地喘着气，估摸着已经走了多少路。“我走我的。”他又说了句话。这时他才发觉，讲话的人是他自己。

“他是从这里上去的，在山上开出一条路来，”追赶他的人说，“他拿着把砍刀劈掉树枝。看得出来，是急躁在拖着他走。急躁总能留下痕迹。这么一来，他输定了。”

时间在一个钟头一个钟头地过去。翻过一座山头，又有一座山头。他正在攀爬的这座山，似乎没有尽头了。他开始没精神了。他抽出砍刀，劈掉那些硬得像树根一样的树枝，把野草连根砍倒。他咯了口浓痰，狠狠地啐在地上，再吮了吮牙齿，又吐了一口痰。上方高处的天空，安详、宁静，照亮了在光秃秃的银合欢树间闪现的云朵。在这个时节，银合欢树是没有叶子的。在这个干燥的时节，山上遍布干硬的野刺。他焦急地在草木间挥舞着砍刀："这么干会把刀口砍坏的，干脆别去理会这些东西啦。"

他听到背后自己的声音。

"是他的急躁暴露了他自己，"追赶者说，"他已经告诉我他是谁了，现在只差知道他在哪里了。他从这里爬上去，我也爬上去，他再从那里下去，我也下去，我就跟着他，追到他没力气为止。我在哪里不走了，就是他在那里给我逮着了。他会跪下来求我宽恕。然后我就往他后脑勺上放一枪……我要找着你了，就这么干。"

他终于到了。只见那被晚霞烤得焦黑的天空，大地已经落到另一边去了。他看了看跟前的屋子，屋里飘出炭火烧尽后的最后一缕余烟。他的脚踩进刚刚翻过的松软的土里。他无意中用刀柄敲了敲门。一条狗跑过来舔他的膝盖，接着又跑来一条，摇着尾巴绕着他转。然后，他推开了那扇只在夜晚才紧闭的门。

追赶他的人说："他干得很漂亮。都没让他们醒过来。他应该是约莫一点钟的样子到的，这是人最困的时候。这个时候，他们刚刚开始做梦；这个时候，他们刚刚互道过'晚安'，把自己的生命放到了黑夜的手里；这个时候，身体的疲倦撩拨着猜疑的琴弦，让琴弦断裂。"

“我不该把他们全杀了，”那个人说，“至少不该全杀了。”这是他说的。

黎明的天空灰蒙蒙的，四下里是清冷的空气。他下到另一边去，在草丛间一路滑行。他的双手给冻僵了，便把紧握在手上的砍刀丢掉。他就把它扔在那里了。他看到砍刀在干草间闪闪发亮，就像一截死蛇。

那个人下山来寻找河水，在山上又开出了一条路。

坡地之下，河水在鲜花盛开的落羽杉间翻滚流动；厚重的水流摇荡在一派寂静之中。他走着，朝四面转动着身躯。他走来走去，像一条盘在绿地上的蛇。他并不发出声响。倘使有人到那里在他身边睡下，准能睡着。若是仔细听，还能听见人的呼吸，却听不见河流的呼吸。藤蔓从高高的落羽杉上爬下来，一直没进水里，它把它的手儿交织在一起，编织成河水永远都不能冲破的密网。

那个人凭着黄色的落羽杉找到了河流。他听不到水声。他只看到河流在树影下蜿蜒而去。他看到飞来成群的小冠雉。前一天下午，它们追赶着太阳，成群结队地飞翔，跟着日光远去。现在，太阳快要出来了，它们又回来了。

他抬手画十字，连画了三次。“原谅我。”他对他们说。然后他开始行动。砍到第三个时，他脸上流下泪来，也有可能是汗水。杀人很费气力，人皮可是很坚韧的，就算是任人宰割，也要抵挡一下。刀口已经砍卷了。“你们得原谅我。”他对着他们又说了一遍。

“他在河边的沙地上坐了下来，”这是追赶他的人说的，“他在那里坐下，有好一会儿没有动。他在等着乌云散去。可那天太阳并没有出来，后一天也一样。我记得的。就是在那个礼拜天，我刚出生的儿子死掉了，我们去安葬他的尸体。我们并不悲伤，我只记得天空是灰蒙蒙的，我们带去的花儿，好像感觉到没有阳光，都掉色了，枯萎了。

“那家伙待在那里，等待着。那边还有他留下的痕迹：他在灌木丛边上搭的窝；他身体发出的热气在湿地上钻出一个小坑。”

我不该离开那条小路的。**那个人心想**，要走那条道的话，我早就该到了。可是，走大家都走的路，是很危险的，更何况我还背着这么个包袱。谁要看我一眼，准能看出我的这个包袱；好比我身上生着个怪瘤。我能感觉到。我感觉到给割掉了一个脚趾的时候，别人都看见了，我没看见，后来才看到的。现在，虽然我不情愿这样，我总是带着个印记的。我能感觉到。大概是因为我背着这个包袱，或者也有可能是我走累了。**他又想**：我不该把他们全杀了，把该杀的那个杀掉就好了嘛。可当时一片漆黑，那些人影都是一个样……不过，这么多人一起埋了，倒也省事。

“你会比我先累着。我会赶到你要去的地方，我会比你先到。”追赶他的人说，“我晓得你的打算，知道你是谁，你从哪儿来，往哪儿去。我会比你先到的。”

“不是这里，”那个人看到河之后说，“我从这里过河，再往那边走，没准还会回到原地。我要去到另一边，在那儿没人认得我，我也从来没去过那里，谁也不知道我什么事情；然后我再对直走，一直走就到了。到了那里，谁也不会把我抓走的。”

又飞来几群恰恰拉卡鸟。它们嘎嘎吼叫着，声音震耳欲聋。

“我往下面走。这里的河流七弯八绕的，没准会把我送回我不想去的地方的。”

“谁也不会伤害你的，孩子。我是来保护你的，所以我赶在你前头来到人世，我的一身骨头也赶在你前头变硬。”

他听到他的声音，他自己的声音，从他的嘴里慢悠悠地出来。他听着自己的声音响起，像是某种虚假的、没有意义的东西。

他为什么说这些呢？他的儿子现在若是听到，一定在笑话他了。也许不会。“也许他对我满怀怨恨呢，因为在我们的最后时辰，我把他一个人丢下了。那也是我的最后时辰，只是我一个人的。他是寻我来的。他不是来寻你们的，他一路摸来，只是为了找着我而已，为了看到我这张脸，他做梦都想看到我死去时的脸，贴在烂泥地上，给踩啊踢的变了形。我对他兄弟就是这么干的；可是，何塞·阿尔坎西亚，我跟他是面对面干的，当着他的面，也当着你的面，你只是一个劲儿地哭，害怕得直哆嗦。打那时起，我就认识你了，也知道你会怎样来寻我。我等了你一个月，白天夜晚都不睡觉，我知道你会一路爬上来，躲躲闪闪像一条毒蛇。可你来晚了。我也晚到了。我在你后面到的。我去埋葬我刚刚出生的儿子，给耽搁了。现在我明白了。现在我终于明白为什么拿在手上的那些花儿会枯萎了。”

我不该把他们全杀了。那个人一直在想，背上这么一个沉重的包袱，实在不值得。死人比活人更沉重；他们能把人压垮。我本该一个一个地摸他们的脸，直到找到他为止；我能凭那撇小胡子把他认出来的；虽然一团漆黑，我知道在哪个地方下手，趁着他没起身之前……不管怎么说，这样才更好。谁也不会为他们哭泣，我也能安安心心过日子了。现在的问题是，怎样在夜晚的黑爪把我逮住之前，找到一条路径离开这里。

下午，那个人进入河谷。太阳一整天都没有出来，但光线还是透过云层折射下来，让影子变换着位置；所以，他知道现在已是午后了。

“你已经给逮着了，”追赶着他的人说，现在他坐在河边了，“你已经无路可逃了。你做了恶事，现在你往棺材口来了，你自己的棺材。我不必一路追到那里去。你回来的时候，就是你被瞄准之时。我会在这里等你。我会利用这个时间瞄一瞄准星，看看我该把子弹打在你什么部位。我有耐心，你没有，这就是我的优势。我的心在它自己的血液里奔腾跳跃，你的心已经坏死了，枯萎了，整个儿烂掉了。这也是我的优势。明天你就没命了，或者是后天，或者在八天之内。不管是多久，我有耐心。”

那个人看到河流折进高高的峭壁之间，停下了脚步。“我得往回走。”他说。

在这样的地段，河流又宽又深，沿途碰不到一块石头。这里的河道像是漂着厚厚的一层油污，河水在缓慢滑动。时不时就有一根树枝为河流的漩涡吞噬，给一口吸了进去，听不到一丝哀号声。

“孩子，”坐在那里等候的那个人说，“我不必告诉你说，那个害你的人从现在起就死掉了。可我会因此得到什么吗？问题是当时我不在你身边。解释又有什么用？我没跟你在一起，就是这样。还有她。还有他。我没跟任何一个在一起，刚出生的那个孩子没给我留下任何记忆的痕迹。”

那个人往河流的上游走了好长一段路。

他的脑袋里血液在沸腾。“我以为第一个人死去时的喘气声会把其他人惊醒，所以我就慌了。”“原谅我这么急。”他对他们说。然后他觉得，那咕噜噜的声音和熟睡者发出的鼾声并无二致；所以，在那个漆黑的夜晚，当他迎着屋外的夜色和寒气走出去的时候，他平静得很。

他好像是一路逃过来的。两腿上沾满泥巴，所以也不知道裤子是啥颜色的。

他钻进河里去的时候，我就看见他了。他把胸一抬，然后就跟着水流下去了。他也不伸手拍水，好像踩着河底行走一样。然后他上了岸，晾起他的破衣服。我看到他冻得直发抖。当时刮着风，天上满是乌云。

当时我在篱笆边上给老爷放羊。我从篱笆的一个口子探出头来看他。我一会儿回头看羊，一会儿盯着那个人看。他可没想到有人在偷偷监视他呢。

他奋力撑起身子来，舒展着腿脚，让风吹了个透，好把身子晾干。然后他穿上满是窟窿眼儿的衬衣和裤子。我看到他身上没有砍刀，也没别的武器。他只在腰间挂着把空空的刀鞘。

他往周围扫了一眼，看了又看，然后走了。我正要站直身子，给我的羊羔松开绳子时，我看到他又回来了，还是那副迷茫的样子。

他又下到水里，钻进中间的那条支流，往回游过来了。

"这个人要带什么东西过来？"我自问道。

什么也没带。他又扎进水里，像一支羽箭一样被水流卷走，差点儿淹死。他扑腾了好多下，最后没办法游动了，只好在那下游处上了岸，大口大口吐着水，恨不得把肠子也要吐出来。

他又脱下衣裤把身子晾干，然后朝着他来时的那个方向，往河流上游走去。

你们听我讲啊，我要是知道了他做过什么事，我会拿起石块把他砸扁的，而且不会后悔。

我早就说过，他是个胆小鬼。只消看看他的脸就晓得了。可是，律师先生，我又不是算命的。我只是个放羊的，有时候遇到事情，我也会担惊受怕的。不过，就像您说的，我当时完全可以趁他不备的时候抓住他，抡起石块给他脑袋上来一下，他就会直挺挺死在那里了。您说的完全有理。

您刚跟我讲的他过去犯下的杀人罪，还有刚刚犯下的，我是不会宽恕的。我愿意干掉那些杀人凶手，请您相信我。这不是我的嗜好；可是，帮助上帝消灭这些坏蛋，该有多高兴啊。

问题是这还没完。第二天，我看见他又来了。可当时我还是啥也不知道。我要是知道就好了！

我看到他比前一天更瘦了，瘦得骨头都要把皮戳破了，还穿着那件破破烂烂的衬衣。我都不能相信这是他，都认不出来啦。

我是凭着他疲乏的眼神认出他来的：那双眼睛呆呆的，好像痛苦得很。我看见他喝水，然后又连连吐水，像是在漱口。原来他吞下了一大把四脚蛇，因为他喝水的水坑很浅，里面满是四脚蛇。他应该挺饿的吧。

我看到他的眼睛，两个黑窟窿跟山洞似的。他走到我跟前来，问我："这些羊是你的吗？"我跟他说不是。"谁生了它们就是谁的。”我这么跟他说。

他不觉得好笑，连牙齿都没有露一下。他扑到羊群里最肥的那一只身上，两只手像钳子一样抓紧了羊腿，然后咬住它的奶头猛吸。羊一直在咩咩叫；可他就不放手，他还在吸啊吸，直到吃厌了羊奶。我多说一句，后来为了防止羊的奶头发炎，不让那个人咬破的地方受感染，我不得不在它的奶头上洒消毒水。

您是说他把乌尔基迪家的所有人统统杀了？早知道的话，我就抡起柴棒揍他了。

可是，我啥也不知道哇。我住在山里头，每天只和羊羔打交道，羊羔可是不晓得什么传闻的啊。

又过了一天，他又出现了。我到的时候，他也到了。我们都成朋友啦。

他告诉我说他不是这儿的人，他是打很远的地方过来的；可他现在已经走不动了，因为他的腿脚使不上劲儿了：“我走啊走，走不动了。我的两条腿都软掉了。我的家乡在很远的地方，在山那边。”他告诉我说，他已经啃了两天草皮了。这都是他跟我说的。

您说当他杀害乌尔基迪家的人的时候，他一点也没有感到怜悯吗？我要早知道的话，在他喝我的羊奶的时候，他就该张大嘴巴接受惩罚了。

可他不像坏人。他跟我讲起他的女人，提起他的孩子们。他还说那会儿他们离他有多远。他一边吸着鼻涕，一边想着他们。

他瘦得很，肚皮都瘪了下去。昨天他还吃了羊肉呢。那头羊是给雷劈死的，一部分肯定是在早上喂了蚂蚁，剩下的那部分，他放在我用来烘玉米饼的炭火上烤了吃了。他把羊骨头啃得干干净净。

“这畜生是得病死的。”我跟他说。

可他好像没听见我说话。他把剩下的羊整个儿吞了下去。他实在太饿了。

可您说他夺走了这些人的生命。我要早知道就好了。谁叫我又无知又容易相信人呢。我只是个放羊的，只知道这些。还有哇，他把我的卷饼也吃掉了，就在我自己的盘子里卷起来吃的！

那么现在我把我知道的告诉给您，我就犯了窝藏罪了？就算是吧。您还说要把我关进牢里，就因为我把这个人藏起来了？我又不是那个杀他们全家的人。我只是来告诉您，在那个水坑里躺着具死尸。您还非要我说这具尸体是几时发现的、是什么样子的，又是怎么死的。现在我告诉您了吧，我又成了窝藏犯了。就算是吧。

您要相信我，律师先生，我要是知道那个人是谁的话，我一定会有办法举报他的。可我知道些啥呢？我又不是算命的。

他只是淌着眼泪求我给他吃的，跟我讲他的孩子们。

现在呢，他死了。我本以为他要在河边的石滩上晒衣服呢，可那个卧在那里、脸浸在水里的人完完全全就是他。起先我还以为，他要从水里站起身子，却跌倒了，头都抬不起来了。然后他开始呛水，后来我看到他的嘴里吐出血块来，看到他后脑勺上像是给打了孔似的全是洞眼儿。

我可不想去弄清楚是怎么回事。我只是来告诉您发生了什么事，我说的话没做过任何加工。我只是个放羊的，别的啥也不知道。

塔尔葩

娜塔丽娅扑到她娘怀里，久久啜泣。这把泪已经忍了好多天了，一直憋到现在，我们回到森松特拉，她见到母亲，才感到要释放一下了。

可是之前，在那段艰难的日子里干活的时候，那会儿我们得把塔尼罗埋在塔尔葩的一处土坑里，没人帮我们，就我和她，就我们俩，合力用双手扒开土坷垃，挖掘墓穴——我们急着把塔尼罗藏进那个深坑里，好让他身上散发出的充满死亡气息的味道不再吓着任何人——那会儿她可没哭。

后来在回来的路上，她也没哭。那会儿我们不知疲倦地走着夜路，半睡半醒的，摸黑前行，一步步踩下去，像是在敲打着塔尼罗的坟墓。那会儿娜塔丽娅看上去坚强得很，像是把心紧紧压住，不让它在身体里乱跳。她的两只眼睛没有淌过一滴眼泪。

到了这里，靠在她娘身上，她才哭起来；她哭，她娘也跟着伤心，知道她在受苦，我们所有人也都跟着伤心起来，因为我在心里也感觉到了她的哭声，好似在挤拧着那块浸着我们罪孽的布。

因为是我和娜塔丽娅合伙把塔尼罗·桑托斯害死的，我们把他带到塔尔葩，好让他死掉。他真死掉了。我们知道他受不了这么长的路途；尽管如此，我们俩还是推着他往前走，只想着把他永远结果掉。我们就这么干了。

去塔尔葩，是我哥哥塔尼罗的主意。是他首先想到的。好多年来，他一直在求人把他带到那里去。好多年了。就是从那天开始的。那天早上他醒来的时候，手臂和大腿上布满了紫色的水疱。后来这些水疱变成了烂疮，从这些烂疮里流出来的不是血，而是一种像柯巴脂似的黄黄的东西，还淌脓。打那时起，我就记得很清楚，他告诉我们说他好害怕，害怕他没治了。为了这个他才想去见塔尔葩圣母，让她端详着他，治好他的烂疮。虽然他知道，塔尔葩离这里很远，我们得顶着三月天白昼的烈日，受着夜晚的苦寒走好多路，虽说这样，他还是坚持要去。圣母会赐给他解药，让他摆脱这些永远都干不了的东西。她会的：荡涤污垢，让一切改换面貌，焕然一新，好似刚刚为甘霖滋润的田野。到了那里，在她跟前，他所有的恶都会去除掉的；他身上什么也不会痛了，再也不受折磨了。他就是这么想的。

于是我和娜塔丽娅就以此为由带他去塔尔葩。我得陪塔尼罗去，因为他是我哥。娜塔丽娅无论如何也得去，因为她是他老婆。她得帮助他，把他的一只胳膊搭过来，扛着他上路，兴许还得扛着他回来，塔尼罗则会抱着他的希望一路前行。

我早就知道娜塔丽娅心里在想什么。我对她有所了解。我知道，比如说，她那双大腿，圆鼓鼓、硬邦邦、热乎乎的，好比在正午的阳光下暴晒的石头，已经寂寞了好久。我知道。我们凑在一块儿好多次了；可是，塔尼罗的阴影总是把我俩分开：我俩时时感觉到，他那双长满水疱的手插到我们中间来，把娜塔丽娅带走，好让她继续照顾他。只要他活着，总是这样子。

现在我知道，娜塔丽娅为刚刚过去的事情后悔。我也后悔；可这不会把我们从悔恨中拯救出来，也永远不会让我们心安。我们没法平静下来，虽说我们知道塔尼罗总归是要死的，他的时辰到了，我们知道去塔尔葩、到那么远的地方去也是无济于事；几乎可以肯定，不管他去那儿还是留在这儿都一样是要死的，或许留在这里还能多活一口气，因为他在路上受了好多折磨，无端流掉好多血，还发脾气，所有这些，所有这些东西加在一块儿，加速了他的死亡。罪过的是，每当他不想再走下去了，觉得再走下去也没用，求我们送他回来时，我和娜塔丽娅还是硬推着他把他往前带。我们把他从地上拉起来，让他继续走，说我们不能回头啦。

"现在塔尔葩比森松特拉离我们更近啦。"我们跟他这么说。可这么一说，塔尔葩就离得更远了；还得走好多好多天。

我们希望的是他赶快死掉。我还得说，从我们离开森松特拉之前开始，在去塔尔葩的路上度过的每一夜，我们都在这么想。这个想法，我们现在不能理解；可当时我们就是这样想的。我记得很清楚。

我清晰地记得那些夜晚。我们先是点燃松树枝照明，然后我们等着火光被烟灰熄灭，接着我和娜塔丽娅开始寻找一个暗处，避开天上的光。就这样，我们躲开了塔尼罗的视线，消失在黑夜里，与原野的孤独相依。这孤独将我们彼此拉近。它让娜塔丽娅的身体投入我的怀抱，而这在她也成了慰藉。她觉着自己好像在休息，忘掉了好多事情，整个身体都在好好放松，然后便静静睡去了。

我们睡觉时躺着的土地总是暖烘烘的。我哥哥塔尼罗的老婆娜塔丽娅的肉体总是能被土地的热气烘暖。然后这两股热气汇在一起，滚烫滚烫的，能把人从睡梦中烫醒。然后我的两只手就寻找着她；它们在她那火炭一样的身体上摸来摸去；先是轻轻地抚摸，随后就紧压着她，好似要把她一身的血给挤出来。就这样一次又一次，一夜接着一夜，直到黎明来临，冷风把在我们身体上燃烧的火焰吹灭。当我们把塔尼罗带往塔尔葩去让圣母医治病痛时，我们就在路边干这种事情。

现在，一切都过去了。塔尼罗已经摆脱掉包括活着在内的所有痛苦了。他再也不会抱怨活着的巨大艰辛了。他那具躯壳像是中了毒，里头积满了烂脓，从他腿上、手臂上的每一个口子源源不断地流出。那些疮口都好大，起先是慢慢地裂开，很慢很慢，后来就噗噗冒出像是腐臭物的气体来，把我们所有人都吓坏了。

可是，现在他死了，事情就不一样了。现在娜塔丽娅为他哭泣，也许是为了让他从他所在的地方看到，她在灵魂上背负的巨大歉疚。她说这些天来她能感觉到塔尼罗的脸。对她来说，这是他唯一有用的东西；他的脸总是湿漉漉的，因为他忍受着巨大疼痛，会冒出汗来。她感觉到这张脸直凑到她嘴边，藏在她的发间，用微弱的声音求她帮帮他。她说，他跟她讲，他的病终于好了；还说他再也感觉不到疼了。“我可以和你在一起啦，娜塔丽娅。帮帮我，让我和你在一起。”好像是对她这么说的。

我们刚刚离开塔尔葩，刚刚把他深深地埋在那里。我们亲手挖了个深坑把他葬了。

打那以后，娜塔丽娅就把我给忘了。我还记得在从前，她那双眼睛是多么明亮，就像在月色下泛着亮光的水潭。可是，这双眼睛很快就失去了原有的色彩，她的目光也消逝了，仿佛被她埋进地里了。她好像什么也看不见了。对她来说，所有的存在就是她的塔尼罗，就是这个在活着的时候被她照料、在死去后被她埋葬的塔尼罗。

我们花了整整二十天才找到通往塔尔葩的大路。在此之前，就我们三个人。从那里开始，我们和从四面八方赶来的人会集到了一起；他们和我们一样，终于踏上了这条像大河一样宽广的大道。大家推推搡搡向前挪动，好似被尘土结成的绳索捆在了一起。在人群的嘈杂声中，从地上升起白色的尘土，像玉米须一样飘到高空中又落下来；行路人的脚将它们挡回去，它们便又一次升腾而起；于是，每时每刻，这些尘土都在我们的头上脚下翻腾。在这土地的上头，是万里晴空，没有云朵，只有尘土；可是这尘土不能提供一块遮荫的地方。

我们得等着黑夜来临，才能暂离这烈日和路途中的炽热白光。

往后白昼变得越来越长了。我们是在 2 月中旬离开森松特拉的，3 月初往后，天就亮得很早了。天黑之后我们刚闭上眼，太阳就再次把我们晒醒了，还就是这个好像刚刚才落下去的太阳。

夹在一大群人中间赶路，我从没有感觉到生命流动得这样慢，人生是如此残酷；我们就像一大团层叠在烈日下的虫子，在这尘烟中扭动着身躯。这尘烟把我们所有人困在同一条道上，胁迫着我们前行。一双双眼睛注视着这尘烟，目光滞留在这尘土上，好像撞上了某种不能逾越的东西。而天空永远是灰蒙蒙的，像一块厚重的灰影，自上而下，重压在我们头上。只有在某些时候，当我们穿越河流时，尘土才会飞得高一些，清爽一些。我们把烤得发黑的脑袋没进绿水里，在短短的一瞬，每个人的头上都冒出一股青烟，就像是大冷天嘴里冒出的热气。可没过一会儿，我们就再一次挤挤挨挨地消失在尘土里，互相遮挡着日光，遮挡着这遍洒在所有人头上的酷热。

总有一天，黑夜会来临的。我们就想着这个：黑夜将会来临，到时候我们就能歇歇脚。现在一切都是为了度过白天，无论如何要熬过去，逃离酷暑和烈日。然后我们就可以停下脚步了。然后。现在我们迫切要做的，是努力再努力，追在和我们一样的这些人的后头，赶在另外好多人的前头。就得这样。等我们死掉了，就随我们怎么休息了。

在通往塔尔葩的大路上、混在朝圣的队伍里走着的时候，我和娜塔丽娅就这样想着，兴许塔尼罗也是这么想的；

我们要赶在所有人前面见到圣母，趁着她的神力还没消失。

可是塔尼罗的身体却每况愈下。有一阵子他不想走下去了。他脚上皮开肉绽，从裂口里冒出血来。我们赶紧照顾他，直到他好转。可是，他无论如何不想走下去了。

“我在这里坐个一两天，然后我就回森松特拉。”他对我们这么说。

可我和娜塔丽娅不愿这样。我们的心里有某种东西，让我们对塔尼罗丝毫不感到怜悯。我们只想把他带到塔尔葩，因为到这地步，像他这个样子，还能活一段时间。所以，在娜塔丽娅用烧酒给他洗脚消炎的时候，我一个劲儿地给他打气。我跟他讲，只有塔尔葩圣母才能治好他的病。唯有她才能让他彻底痊愈。只有她。虽说圣母不止她一个，但只有塔尔葩圣母才顶事。这是娜塔丽娅跟他讲的。

然后塔尼罗就痛哭起来，泪水在他汗涔涔的脸上开出道道沟渠，接着他就咒骂起来，说自己行过恶事。娜塔丽娅用她的披肩给他擦去泪水，然后我们俩把他从地上扶起来，让他再走一刻钟，趁着天黑之前。

就这样，我们硬是把他带到了塔尔葩。

在最后的那些天里，连我们也感到累了。我和娜塔丽娅都觉得身子越发直不起来了，好像有什么东西挡着我们，把一个重重的包袱压在我们身上。塔尼罗越来越频繁地倒下来，我们不得不一次次地把他扶起来，有时还得背着他走。大概就因为这样，我们才走成这个样子：浑身松软发虚，没力气走下去了。可跟我们一同赶路的还有好多人，我们不得不加快了脚步。

到了晚上，这乱哄哄的世界才安静下来。四处都亮起了篝火，朝圣的人们围在火边，两臂交叉，朝塔尔葩上方的天空望去，嘴里念着《玫瑰经》。这诵经声被风儿吹过来又带过去，来回翻转，直至汇集成一股低沉的吼叫声。不一会儿，一切都沉寂下来。差不多到午夜的时候，还能听见有人在离我们很远的地方唱着歌。然后我们就闭上眼，也不睡觉，就等天亮。

我们唱着赞美诗来到了塔尔葩。

我们是 2 月中出发的，直到 3 月底才走到塔尔葩，这时候好多人已经在往回走了。这都是因为塔尼罗非要忏悔给耽搁的。他看周围的人都往身上挂几片仙人掌当圣服穿，便也想穿。他用衬衫袖子把双脚捆在一起，好让他走起来显得更加凄惨。然后他又想戴一个荆冠。没过多久他把眼睛也蒙了起来，再后来，在最后的几段路程中，他跪到了地上，两手别在背后，双膝着地前行，就这样，就是这样一团东西，我哥哥塔尼罗·桑托斯走到了塔尔葩；就是这样一团东西，浑身涂满了药膏，淌着一道道暗红色的血，所过之处，空气中散发着一种像动物尸体那样的酸臭味道。

我们一不留神，发现他已经钻到跳舞的人群中去了。我们刚回过神来，他已经在那里了，摇着长长的串铃，狠跺着他那双发紫的赤裸的脚。他显得极为愤怒，似乎要把积蓄多日的怒火全都抖出来；又好像为了能再多活一会儿，在做最后的努力。

也许看到别人跳舞，他想起自个儿曾经年年在苦难耶稣九日敬礼的时候去托里曼，整夜跳舞，跳得一身骨头快要散架了也不觉着累。也许他记起了这个，便想重新体验一下他过去的力量。

我和娜塔丽娅看着他这样，有好一会儿。突然，我们看到他举起双臂，将身体重重地摔在地上，那满是血污的手上，串铃还在继续作响。我们赶紧把他拖走，就怕别的舞者一脚踩到他身上；那一只只暴怒的脚在石子间滚动、跳跃着，拍打着地面，并不知道在它们中间有什么东西倒下来了。

我们俩架着他，就好像架着一个瘫痪病人似的，进了教堂。娜塔丽娅让他跪在她身旁，正对着塔尔葩圣母的金像。接着塔尼罗就开始祈祷，从他眼里掉下一颗大大的泪珠来。这泪水来自他的内心深处，把娜塔丽娅放在他两手间的蜡烛都浇灭了。但他没察觉到；教堂里有那么多蜡烛在同时燃烧，发出的火光让他看不见自己的这个拿来照亮四周的东西了。他手持蜡烛，继续祈祷。他大叫大喊着祈祷，为的是能听见自己在祈祷。

可这没有用。无论如何，他还是死了。

“……从我们的心里向她发出一样的满含苦痛的祈求。一声声哀叹，和希望交织在一起。面对着叹息和泪水，她的仁心不会置若罔闻，因为她和我们共渡苦难。她会荡涤污浊，让我们的心变得柔软纯洁，来接受她的怜悯和慈爱。我们的圣母，我们的母，对于我们的过错，她丝毫不想了解；我们的过错，她自己来扛；要把我们抱进怀里、让我们不再受人生的摧残的圣母啊，她就在这里，和我们在一起，减缓我们的疲劳，为我们的灵魂和身体去除伤病。我们的身体已受尽磨难，伤痕累累，正在苦苦哀求。她知道我们的信仰一天比一天坚定，因为我们的信仰是由许许多多的牺牲铸成的……”

这是神父先生站在高高的布道坛上说的。他的话讲完后，人们就一起祈祷起来，那声音就像是被烟熏到的大群马蜂发出来的。

可塔尼罗没听到神父先生刚才在讲什么。他的头埋在两膝之间，已经无声无息了。等到娜塔丽娅动动他让他起来的时候，他已经死了。

外面传来舞乐声、鼓声和笛声，还有阵阵钟声。就在那一刻，悲伤袭上我的心头。看着这么多鲜活的东西，看到圣母就在那里，正面对着我们微笑，而在另一边，却是塔尼罗，像是个累赘一样，我悲伤得很。

可就是我们把他带到那里让他死掉的，这个，我忘不了。

现在，我们两个回到森松特拉了。我们回来了，他没有。娜塔丽娅的母亲什么也没问我，也没问我是怎样对待我哥哥塔尼罗的，什么都没问。娜塔丽娅一直伏在她肩头痛哭，一把鼻涕一把眼泪地把发生的一切都告诉了她。

而我有了一种感觉，觉得我们好像没去过任何地方，我们只是路过这里，歇歇脚，然后还要继续赶路的。我不知道该往哪里走；但我们得走下去，因为在这里，悔恨和对塔尼罗的回忆总是缠绕着我们。

也许我们竟至于互相害怕了。大概正因为如此，离开塔尔葩后，我俩之间就一句话也没说过。大概我俩都能感觉到，塔尼罗的尸体就在我们眼前。他的尸体给裹在一卷席子里，里里外外都爬满了一大群绿头苍蝇。它们嗡嗡作响，好像是从他嘴里发出的巨大鼾声；那张嘴，不管娜塔丽娅和我怎么使劲，终究是合不上了。它好像还想喘口气，却没有力气了。这个塔尼罗，再也没有任何痛苦了，却仍是一副苦痛的模样，缩着手，蜷着腿，眼睛睁得老大，好像在观看着自己的死亡。这边，那边，他所有的烂疮都在淌黄水，满是那种弥漫在四面八方并且能在嘴里感觉得到的味道。每吸一口气，这味道就会进到人嘴里，像一种又浓稠又苦涩的蜜的滋味，随后就融化在血液里。

也许我们在这里最常想起的就是这个，就是这个我们埋葬在塔尔葩的墓地里的塔尼罗；我和娜塔丽娅往他身上撒土，再加上好多石块，莫让他被山里的野兽从地里刨出来。

马卡里奥

我坐在阴沟边上，等着青蛙出来。昨晚我们吃晚饭的时候，它们就开始吵吵嚷嚷，直唱到天亮。我的养母也抱怨，说青蛙叫个不停，把她的睡意全吓跑了。现在她只想好好睡一觉。所以她就让我坐在这里，就在阴沟边上，还往我手里放块板子，让我只要见到有青蛙跳出来，就抡起板子砸……青蛙一身除了肚子以外，都是绿颜色的。蛤蟆是黑颜色的。我养母的两只眼睛也是黑颜色的。青蛙吃起来味道不错。蛤蟆是不能吃的；不过我也尝过，尽管蛤蟆是不能吃的，但味道却和青蛙一模一样。是菲莉帕说吃蛤蟆不好的。菲莉帕长着双像猫那样的绿眼睛。每回轮到我吃饭的时候，就是她在厨房里给我饭吃。她不想让我伤害青蛙。可是，不管怎么说，命令我干这事的，是我养母……比起她来，我更喜欢菲莉帕。可毕竟还是我养母从包里掏出钱来，让菲莉帕买我们吃的所有东西。菲莉帕只在厨房里待着，做我们三个人的饭。自打我认识她起，她就没干过别的。擦洗家什的事情由我来干。搬柴生火的事儿，也是我干。我养母就负责给我们分饭吃。她吃完饭，就搓出两团饭食来，一份给菲莉帕，一份给我。不过，菲莉帕有时候不高兴吃饭，那么这两份饭就全归我了。所以我才喜欢菲莉帕，因为我总是很饿，从来都吃不饱，就算把她的那份吃了，也还是吃不饱。虽然人家说吃饭可以把肚子填饱，我很清楚，任凭我吃多少，就算我把能给我吃的全吃了，也还是不饱。菲莉帕也知道这个……街上的人都说我发了疯，因为我总没有不饿着的时候。是我养母听人家这么说的。我倒没亲耳听见人家这么说。我养母从不让我独自上街。她要带我出去逛，只是带我去教堂听弥撒。到了那里，她把我放在她身边，用她的披肩带子把我两手捆在一起。我不知道她为什么要捆我的手；她说因为我可能要发作。有一回他们编故事说我要杀人，说我无缘无故就掐住一位女士的后颈。我可记不得了。不过，不管怎么说，是我养母说我干这事的，她是从来不撒谎的。她要喊我吃饭，准会把我的那份饭给我，不像其他人，他们说请我跟他们一起吃饭，然后等到我走近，就朝我扔石子儿，逼得我撒腿快跑，什么吃的也没拿到。不像他们，我养母待我还是不错的。所以在她家里，我还是挺开心的。另外，家里还有菲莉帕。菲莉帕跟我可好了，所以我喜欢她……菲莉帕的奶很甜，像木槿花的味道。我喝过山羊奶，也喝过刚下过崽的母猪的奶，都不如菲莉帕的奶那么好喝……她已经好久没把她那两个包包给我吸了。她那两个包包长在我们只长着几根肋骨的部位，她会从那里挤出奶来，这奶比每个礼拜天吃中饭时我养母给我们喝的奶还要好喝……以往菲莉帕每天夜里都到我睡的房间来，靠紧我，趴在我身上或者躺在我一边。然后她就解开衣裳，让我吸奶。那奶甜甜的，温温的，从舌头上汩汩淌过……我经常吃木槿花来充饥。菲莉帕的奶就是这个味道，只是更叫我喜欢，因为她一边给我吃奶，一边还在我浑身上下呵痒逗我玩。然后她就紧挨着我一直睡到天亮，差不多总是这样。这对我很有用；

因为这样我就不必惧怕寒冷，也不用担心，要是某个晚上我在这里孤零零地死去，会在地狱里受折磨……有时候，我也不那么害怕地狱。可有时候，的确害怕。后来我就喜欢自己吓自己，觉得随便哪天我就会下地狱，因为我的脑瓜子老不开窍，而且喜欢撞见什么就拿脑壳去顶。不过，菲莉帕一来，就把我的恐惧赶跑了。她会伸出双手呵痒逗我玩，这个她很在行，一下子就把我对死亡的恐惧驱散了。一时半会儿我竟把恐惧全忘了……每当菲莉帕想跟我待一块儿的时候，她都说，她会把我所有的罪过都告诉主。还说，她很快就会去天国，会和主说上话，求他宽恕我浑身上下满带的罪恶。她会求他宽恕我，这样我就不用再担心了。所以她每天都忏悔。不是因为她有罪，而是因为我的身体里满是魔鬼，她要为我忏悔，要把这些恶魔统统赶出来。她每天都忏悔。每天一到下午都要忏悔。她会帮我一辈子。这是菲莉帕亲口说的。所以我才这么喜欢她……不过，有个这么坚硬的脑袋，才是我了不起的地方。我一连几个钟头拿脑袋撞走廊上的柱子，头上一点事儿也没有，一点也没有破，吃得消。我还拿脑袋撞地面，先是不紧不慢，然后就越来越急促，那声音听上去就像敲鼓，就跟祭拜天主时和笛子一起奏响的鼓声一样。那会儿我在教堂里，紧靠着我养母，听着外面的鼓声咚咚响……我养母说，我房间里老是有臭虫啦，蟑螂啦，蝎子啦，就因为我是要下到地狱里去给火烤的，如果我还是改不掉拿头撞地的坏习惯的话。可我就是要听敲鼓声，这个她应该了解的。在教堂里听着这鼓声，我一心就想快快跑到大街上，弄清楚这鼓声是怎么从那么远的地方传过来的，一直传到教堂的深处，盖过了神父先生谴责罪恶的声音："行善之路充满光明。行恶之路暗无天日。"这是神父先生说的……天还黑着的时候，我就从床上爬起来离开我的房间。我扫过街，在晨曦把我抓住之前，又钻回我的房间。在街上，总要出些事情。老有人一见到我就往我头上扔石块儿。我的周围就像下雨似的落下又大又割人的石块儿。然后就得补衬衫。还得等上好多天，脸上和膝盖上的伤口才能给补好。然后再一次咬着牙让自己的双手给捆起来，要不然的话，它们就会溜过去把伤疤揭掉，然后血又会源源不断地流出来了。不过，血的味道也不错，虽然比不上菲莉帕的奶，这倒是真的……所以呢，为了不挨石头砸，我就老待在自己家里。一到吃饭的时候，我就把自己关在房间里，把门闩好，这样罪孽一看我在暗处，就找不着我了。我也不会点燃松明，看看蟑螂是在我身上的什么地方往上爬。现在我安静下来了。我睡在我的大麻袋上，只要感觉到有哪只蟑螂毛糙糙的腿爬上我的脖子，我就一掌把它拍死。我就是不点松明。别让罪孽趁着我不注意、举着松明找那些往我毯子底下钻的蟑螂的时候，把我逮个正着……蟑螂给拍死的时候，会像爆竹一样发出巨响。至于蛐蛐呢，我就不知道它们会不会发出这样的声响了。我从来不弄死蛐蛐的。菲莉帕说，蛐蛐总是一个劲儿地叫，连停下来喘口气都舍不得，为的是不让人听见那些在炼狱里受罪的亡灵的号叫声。哪天要是蛐蛐全死光了，就会到处响起被久经折磨的亡灵的号叫，我们就会给吓得撒腿狂奔啦。另外，我可喜欢竖起耳朵听蛐蛐叫了。我房间里有好多蛐蛐。也许，在我睡着的麻袋皮上的褶子里，蛐蛐比蟑螂还要多。这里还有蝎子，它们时不时就从天花板上掉下来，然后我就得屏住呼吸，等着它们爬过我的身体，直到在地面上落脚。因为只要哪只膀子动一动，或是哪边的骨头打个战，立马就会挨蜇，是那种火辣辣的感觉，可疼了。有一回菲莉帕的屁股就给蝎子蜇了一下，她一下子就大哭起来，还轻声呼唤圣母，祈求自己的屁股不要完蛋。我给她的伤口涂上唾液，一整个晚上我都在给她涂唾液，陪她祈祷。有那么一会儿，我看我的方子不能帮她减轻痛苦，就抹着眼睛拼了命地跟她一起哭……不管怎么说，我还是待在自己的房间里更舒心。要是跑到街上，就会引来那些爱欺负人的人的关照了。在这里，谁也不会拿我怎样。我养母要是见到我吃她的木槿花，或是她的香桃木，或是她的石榴，不会骂我的。她知道我向来是那么喜欢吃东西。她知道我没有吃饱的时候。她知道尽管我时不时就串来串去找东西吃，却没有什么东西可以把我的肚子填满。她还知道我把用来喂肥猪的浸过水的鹰嘴豆和用来喂瘦猪的干玉米也给吃了。所以，她知道每天从早到晚，我的肚子有多饿。只要在这个家里，我还能找到吃的，我就还会在这里待下去。因为我相信，哪天我不吃东西了，我就死掉了，然后我肯定会直下到地狱里。到了那里，谁也没法救我出来了，菲莉帕也不行，虽然她跟我这么要好，我养母送我的缠在我脖子上的肩布也不行……现在我待在阴沟边上，等着青蛙出来。在我唠叨的这段时间里，没有出来一只。它们要是还不出来，我有可能就睡着了，然后就没办法弄死它们了。我养母要是听到它们的歌声，就怎么也睡不着了，她就会大发雷霆了。然后她就会在她房间里摆着的那些圣徒中间找一个，求他派魔鬼来抓我，把我一直拖到永世惩罚的地方，连炼狱都不用经过，那样的话我就看不到我的爸爸，看不到我的妈妈了，他们就在炼狱里……我还是继续唠叨吧……现在我最想要的，还是再尝几口菲莉帕的奶，她的奶又甜又美，就像从木槿花里流出来的蜜汁一样……

燃烧的原野

杀了母狗，

还有狗崽……

——民谣

“佩特罗尼洛·弗洛雷斯万岁！”

叫声在峭壁之间回荡，一直传到我们的耳际，然后便消失了。

有那么一会儿，从山下吹上来的风给我们捎来一阵嘈杂的人声，听上去就和涨潮的河水流过乱石滩时发出的声音一样。

不一会儿，还是从那个地方，又传来一声叫喊。那声音绕过悬崖，再一次回荡在峭壁之间，到达我们耳边时仍然是有力的：

“佩特罗尼洛·弗洛雷斯将军万岁！”

我们互相看了看。

“母狗”缓缓地站起身，把他的卡宾枪弹匣里的子弹退出来，放在衬衣口袋里。然后他走到“四兄弟”面前，对他们说：“孩子们，跟我走，去看看我们要斗的是什么样的牛！”贝纳维德斯四兄弟就猫着腰跟在他后头走了；“母狗”却直着身子走，把他瘦骨嶙峋的半截身子露在寨墙之上。

我们仍待在那里，没有挪一步。我们在寨墙下一溜排开，仰面躺着，就像是蜥蜴在晒太阳。

用石头堆成的寨墙翻山越岭，像蛇一样地曲折延伸，“母狗”和“四兄弟”也像蛇一样地蜿蜒行进，像是戴上了脚镣。我们就看着他们这样消失在视野里。然后我们回过头来，又往山上望去，看着只能提供一点点绿荫的无患子树低矮的树枝。

空气中能闻到的，是被太阳烤焦了的树荫的味道。是腐烂了的无患子树的味道。

正午时分，大家都犯困了。

从谷底时不时就飘上来一阵嘈杂声，晃动着我们的身体，让我们不至于睡着。虽然我们竖起耳朵想要听清楚，能听到的只有嘈杂声：那是低沉的乱哄哄的人声，就像隔得老远听到马车轧过小巷子铺着石子的路面发出的声音。

突然一声枪响，在山谷间荡起回声，好像山要塌了。万物因之惊醒：托托奇洛鸟纷纷飞走了，方才我们一直看着这些红色的鸟儿在无患子树的枝叶间玩耍。刚刚睡过午觉的知了，此时也猛地醒来，它们的鸣叫声顿时响彻四方。

“怎么了？”佩德罗·萨莫拉问道。他刚睡过午觉，还半睡半醒的。

奇魏拉便站了起来，拖着他的卡宾枪像是拖着一根木棒，跟在那些走掉的人后面挪动着脚步。

“我去看看是怎么回事。”他说道，然后就跟那些人一样没了踪影。

蝉鸣声越来越大，把我们的耳朵都震聋了，我们都没有发觉他们是什么时候出现在那里的。就在我们都没有觉察的时候，他们已经开到这里来了，就当着我们的面，所有人都毫无戒备。他们像是路过，急急地赶往另外的地方，而不是这里。

我们转过身来，透过射击孔紧盯着他们。

第一批人过去了，接着是第二批，然后又过去了几批。他们的身体朝前倾着，困得都弓起了腰。他们汗涔涔的脸上闪着光，似乎是在过河时把脸整个地在水里浸过。

他们还在一批批地过去。

发信号了。先是一声悠长的口哨，紧接着那边远处响起了咔嗒咔嗒的枪声，那正是“母狗”去往的方向。然后这边也响起了枪声。

事情干得很轻松。他们的上半身几乎把整个射击孔都遮住了，所以我们就像是在离他们很近的地方开枪，让他们几乎还没明白过来是怎么回事就一命呜呼了。

不过这也就是片刻之间的事情。也就放了两排枪。射击孔前很快就空无一人了，伸出脖子去看，只能看见在路中央躺着的那些人，他们扭曲着身子，像是被人故意扔在那里的。没死的人全跑了。过了一会儿，他们再次出现，但没过多久就又消失了。

我们只好静等着下一次齐射。

我们当中有人高呼：“佩德罗·萨莫拉万岁！”

另一边有人几乎是秘密地回应道：“神啊，救救我吧！救救我啊！阿托恰圣子，救我呀！”

鸟儿们从空中飞过。椋鸟一群群地飞过我们的头顶，向着群山远去了。

第三次齐射是从我们后面打来的。是他们放的，打得我们跳到了寨墙的另一边，直跑过我们打死的那些人的尸体。

然后灌木丛中的追击开始了。我们感到子弹在脚底下乱窜，如同双脚落到了一群蚱蜢上头。我们中间时不时就有人中弹，随着骨头开裂的一声响，身上就开了花。中弹的人越来越多。

我们一路飞奔。到了悬崖边上，我们就一倒身子往下面滑，直往下落去。

他们还在放枪。直到我们像被火光吓跑的獾子似的手脚并用爬上了山谷的另一边后，他们还在放枪。

“你们这些婊子养的，佩特罗尼洛·弗洛雷斯将军万岁！”他们又一次朝我们叫喊道。接着那叫声就像下暴雨时响起的雷声一样回荡着，往谷底去了。

我们躲到几块圆鼓鼓的巨石后面，因为一路狂奔，还在大口地喘着气。我们只是望着佩德罗·萨莫拉，用眼睛问他，刚才究竟是怎么回事。可他也望着我们，一言不发。好像我们所有人都没话讲了，好像大家的舌头都像鹦鹉那样打了卷儿，要伸展开来讲讲话都是很费力的事。

佩德罗·萨莫拉还在看着我们，他在用眼睛点人数。他的那双眼睛，红兮兮的，好像总是没睡好。他一个一个地数着我们的人头。他知道我们在这边的一共是多少人，不过好像还是拿不准；所以他就一遍遍地反复数来数去。

少了些人：不把“母狗”、奇魏拉连同跟他们一起走掉的人算在内，还少十一二个。奇魏拉很可能跨坐在一棵无患子树的树顶上，紧抱着他的后膛枪，等着联邦军走掉。

“母狗”的两个儿子都叫何塞，他们率先抬起脑袋，然后站起身。他们走来走去，等着佩德罗·萨莫拉吩咐他们。他说：

“再这么折腾一下，我们就完了。”

接着，他咽了口唾沫，似是为自己壮胆，朝何塞两兄弟大喊道：“我知道你们的爹不见了，忍忍，忍一会儿吧！我们会去找他的！”

从那里射出一颗子弹，惊得前方山坡上的一群喧鸻纷纷飞起。它们在山谷间下落，盘旋着直到离我们很近的地方；接着，它们看到我们，吓了一大跳，便转过身迎着太阳飞去，前方山坡上的树间又满是它们的叫声。

何塞两兄弟赶紧跑回原位，一声不吭地蹲了下来。

我们就这样待了一下午。夜幕开始降临的时候，奇魏拉跟“四兄弟”中的一个人来到这里。他们说，那些人是从下面，从皮埃德拉利沙过来的，但他们不清楚联邦军是不是已经撤走了。事实上，一切都显得很安静。时不时就传来狼嚎声。

“喂，你，皮琼！”佩德罗·萨莫拉对我说，“我得拜托你跟何塞兄弟俩去皮埃德拉利沙，看看‘母狗’究竟怎么了。他要是死了，那就把他给埋了。其他人也是一样。要看到伤员，就把他们放在政府军能看到的地方；不过，可不要带任何人回来。”

“遵命。”

我们便走了。

我们到达马厩的时候，狼嚎声听上去更近了。马已经没有了，只剩下一头瘦驴，它在我们到来之前就安居在那里了。联邦军肯定已经把马全带走了。

我们是在一个灌木丛后面发现“四兄弟”中其他的那三个的。他们给垒在一起，好像是有人把他们堆在那里似的。我们捧起他们的脑袋，摇一摇，看看有没有人还有点生命的迹象；可是没有，他们都已经死了。水塘里还有个我们的人，肋骨露在外面，像是被人乱刀砍死的。我们把山崖的上上下下走了个遍，这边一个，那边一个，又发现了不少人，几乎所有人的脸都已经变黑了。

“不用说，他们肯定是受了伤之后被打死的。”何塞两兄弟中的一个说。

我们开始寻找“母狗”，不管别的人，只管找到那个叫“母狗”的。

我们没找着他。

他一定是让他们给带走了，我们想，他一定是让他们给带去交给政府了。尽管如此，我们还是继续在灌木丛里搜来搜去。群狼仍在嚎叫。

它们嚎了一整夜。

几天之后，在阿尔梅里亚河，我们在过河的时候又一次撞上了佩特罗尼洛·弗洛雷斯。我们向后退，但为时已晚。他们像是在对我们进行枪决。佩德罗·萨莫拉策马飞奔，跑在最前面。他的那匹公马，毛色灰白，矮矮胖胖的，是我见过的最好的坐骑。我们一群人俯身贴住马脖子，紧随在他后面。不管怎么说，这是一场大屠杀。不过，我当时还没有发觉，因为我掉进了河水里，我的马被打死了，把我压在身下，河水把我们连人带马冲得老远，直把我们冲到一处浅滩之上。

那是我们最后一次遭遇佩特罗尼洛·弗洛雷斯的人马。往后我们就没再交过手。怎么说呢，我们有好一阵子没出手再打仗，只是在亡命；我们剩下的寥寥几人，决定上山，躲到山里去，逃避追捕。我们最终成了些散兵游勇，谁也不畏惧我们了，再也没有人奔跑着大喊："萨莫拉的人来啦！"

大平原恢复了平静。

可是，这并没有持续多久。

我们在托辛峡谷已经藏了差不多八个月了。阿尔梅里亚河折进托辛峡谷，要在那里翻腾好一阵子，然后奔流入海。我们就在那里干等着，任凭岁月流逝，待到没有人记得我们的时候，再重返世间。我们养起了草鸡，还隔三岔五地上山去打野鹿。我们一共五个人，只能算是四个吧，因为何塞两兄弟中的一个，在我们遇袭时大腿根上中了弹，后来一条腿全烂掉了。

我们就待在那里，渐渐地发觉我们百无一用。要是当时我们不知道他们会把我们统统绞死，我们就会去求和了。

可就在这时候，来了个叫阿尔芒西奥·阿尔卡拉的人，他是专门给佩德罗·萨莫拉通风报信的。

那天早上，我们正忙着给一头母牛大卸八块，忽然听到了号角声。声音是从很远的地方，从大平原的方向传来的。过了一会儿，号角声再次响起。听上去像公牛的叫声：先是尖厉的，然后变得低沉，然后又变尖厉了。它一声声回荡着，越拉越长，直抵近前，最后消失在河水的轰鸣声里。

就在太阳快要出来的当儿，那个叫阿尔卡拉的人拨开落叶杉的枝叶出现在我们眼前。他斜挎着两条"44"子弹带，马屁股上还驮着一大捆来复枪，像是背着个大箱子。

他下了马，把枪支分发给我们，然后把多出来的枪重新捆好。

"如果今明两天你们没什么急事要办，那就打点行装，准备去圣布埃纳文图拉。佩德罗·萨莫拉就在那边等你们。我呢就再往下走一点点，去找萨纳特兄弟。然后我就回来。”

第二天，他回来了，当时已是日暮时分。跟他一起来的，果然有萨纳特兄弟。在暮色中，能看到他们黑黑的脸。此外还来了三个人，我们都不认识。

“我们能在路上搞到马的。”他对我们说。我们就跟着他出发了。

早在抵达圣布埃纳文图拉之前，我们就看到，一座座庄园燃起了大火。粮仓上冒出的火焰要蹿得更高，就像是一汪松节油在燃烧。火星飞舞着，在暗黑的天空中盘旋，形成大片大片亮闪闪的云彩。

我们迎着圣布埃纳文图拉的火光继续前行，好像有一个声音告诉我们，我们要做的就是去那里，去消灭那里残留下来的一切。

可是，我们还没有到达那里，就遇上了第一批骑马过来的人。他们一路小跑，马鞍头上缠着麻绳，后面拖着的人，有的时不时还得手脚并用地走路，还有的则垂下双手，耷拉着脑袋。

我们看着他们经过。再后面过来的便是佩德罗·萨莫拉和很多骑马的人。人数比以往任何时候都多。这让我们振奋起来。

看着那长长的队列又一次在大平原上行进，仿佛又回到了我们的辉煌年代，真是令人振奋。就像当初，我们刚刚起义，就像成熟的豚草被风抛撒，把恐怖播撒在大平原的四方。曾经有过一段时光，就是这样子的。现在，好像又回到了那个时候。

我们从那里步行前往圣佩德罗。我们在那里放了把火，然后前往佩塔卡尔。当时正是玉米等待收割的时节，干枯的玉米秆子被刮过平原的大风吹弯了腰。所以，看着大火在原野上翻滚，实在是壮丽的景象；差不多整个大平原都在燃烧，成了一大块火炭，空中浓烟缭绕；那烟雾带有芦竹和蜂蜜的味道，因为大火也烧进了甘蔗地里。

我们从浓烟中一个一个地走出来，像是一个个稻草人，脸上满是烟灰，驱赶着散落在各处的牲口，把它们集中在一处，宰杀后再剥它们的皮。现在，我们靠卖牲畜皮做起生意来了。

因为，就像佩德罗·萨莫拉跟我们说的：“我们要用富人的钱来搞这场革命。我们闹革命需要的武器和花费，都让他们来出。虽然现在我们还没有一面为之战斗的旗帜，我们应当抓紧时间积累钱财，到时候政府军来了，就会看到我们有多强大。”他就是这么跟我们说的。

当政府军终于重又出现的时候，他们跟以前一样再一次大开杀戒，不过不像过去那么容易了。现在，隔着几里远就能看出来，他们对我们是心存恐惧的。

可是，我们对他们也心存恐惧。当我们在路边设下埋伏等着他们来的时候，只要一听到他们的马具作响或是马蹄敲击着路上的石子发出的声音，我们的嗓子眼儿就给喉咙里的肉堵住了。看着他们经过的时候，我们几乎能感觉到，他们也在用余光看着我们，好像在说：“我们闻到你们的味道了，我们只是假装不知道。”

似乎真是这样，因为一打起来他们立马就卧倒在地上，以他们的马为掩护，躲在马后面跟我们激战；然后另外一批人一点一点地把我们包围起来，我们就像被逼到墙角的母鸡一样束手就擒。从那时起，我们就知道，这样子打下去，我们不会撑多久的，虽然我们人数众多。

事实上，现在跟我们作战的已经不是乌尔瓦诺将军手下的那帮人了。就是当初把我们打跑了的那帮人，他们只要一听见喊杀声，或是看见我们的帽子，也会吓得不行。他们是从他们的牧场里给强行拉出来入伍跟我们作战的，只有在看到我们人不多的时候，才朝我们扑来。这些人已经死光了。然后又有新的人来，这些人才是最难对付的。现在带兵的是个叫奥拉切阿的，他的人都很能吃苦，胆子也大；里面有从特奥卡提切带过来的高地人，跟特佩乌安族的印第安人混在一起。这些印第安人生着一头乱发，经常能连着好多天不吃饭，有时候能一连好几个钟头目不转睛地在暗处盯着人看，眼皮眨也不眨一下，就等着人家把头探出来，然后一枪正中目标。那种“30–30”号的长子弹能像折断一根烂树枝似的把人的脊椎骨打得粉碎。

不用说，袭击几个庄园，要比伏击政府军更容易。所以我们就四处游击，这儿打一拳，那儿打一拳，造成的破坏比以往更大。我们总是行动迅速，猛踢一通之后就撒腿飞奔，像一群狂野的骡子。

就这样，当我们的人把火山脚下的埃尔哈斯明牧场点燃的时候，其余的人就迅速冲下山来扑向敌军前哨的驻地。我们拖着金合欢的树枝，一个个隐蔽在飞扬的尘土和故意发出的喊杀声里，让人以为我们人马甚众。

那些大兵宁可静静地等待。有一阵子他们东奔西跑，一会儿前进一会儿后退，晕头转向。从这里能看到山上燃起的一个个火堆，火光冲天，像是在烧山。我们就站在这里看着那些农田、牧场整日整夜地烧，有时候烧的是更大的村子，像图萨米尔巴、萨波蒂特兰，把夜空都照亮了。奥拉切阿的人就出动往那边急行军；可是当他们赶到的时候，在他们身后好远的托托里米斯巴也烧起来了。

那场面真好看。当大兵们整装上路急着要跟我们交火时，我们迅速地从山上的密林里撤出，看着他们穿过空旷的平原。前方没有敌人，他们就像是沉入了无底的深水之中。这无底的深水，便是那群山怀抱中马蹄形的大平原。

我们放火烧了夸斯特柯玛特庄园，在那里玩起了斗牛。佩德罗·萨莫拉很喜欢这种游戏。

联邦军已经往奥特兰的方向去了，他们要找一个说是叫拉普里菲卡西翁的地方。他们认为，那儿是匪帮的老巢，而我们早已经离开那里了。他们往那里去了，把我们孤零零地留在了夸斯特柯玛特。

在夸斯特柯玛特，可以玩斗牛。他们丢下了八个士兵，外加庄园的总管和监工。斗牛游戏玩了两天。

我们先得做一个圆形围栏，就像那种用来关小山羊的，就当是斗牛场了，然后我们就坐到栅门边上，以防斗牛士跑出去。他们一看到佩德罗·萨莫拉拿起当牛角使的短剑，就撒腿猛跑。

那八个士兵，一个下午就全打发了。另外两个，再用了一个下午。最难对付的，就是那个瘦瘦高高跟一杆长枪似的监工，他只要稍微挪一挪，整个身子就闪过去了。而那个总管刚上去一会会儿就送了命。他又矮又胖，根本就没有动用什么计谋来躲闪利剑。他一声不吭，几乎动也没动一下就死了，仿佛是他自愿挨刀的。而斗那个监工倒着实费了不少劲。

佩德罗·萨莫拉每回都要事先给每个人发一个斗篷，就因为这个，那监工靠着手中又厚又沉的斗篷巧妙地躲过了短剑一次次的出击。他知道利用这个东西，就不断地向着直刺过来的短剑晃动斗篷，让它一次次地扑空。佩德罗·萨莫拉给累得不行。他追着那监工跑了半天，疲态尽现。白刀子出去，还是白刀子回来。他失去了耐心，干脆豁出去了。他不再像公牛那样对直猛冲，突然用一只手把斗篷撩到一边，另一只手握紧短剑瞅准那人的肋部刺去。而那监工好像还没意识到发生了什么，还在拿着斗篷上下摇晃，像是在赶马蜂。直到看见自己的鲜血流过腰际，他才停手。他吓坏了，一个劲儿地用手指去堵肋部的洞洞眼儿。从那里源源不断地喷出一股暗红色的液体来，让他的脸色越发苍白。接着他就倒在围栏中央，眼睛望着我们所有人。后来我们把他吊死了，要不然他要过好久才会咽气。

打那以后，佩德罗·萨莫拉只要一有条件就玩斗牛，玩得越发频繁了。

那段时间里，从佩德罗·萨莫拉往下，几乎我们所有人都是“低地人”；后来有其他地方的人加入了我们。有来自萨科阿尔科的印第安人，长得像白人，两腿细长，脸好像是用鲜奶酪做的。还有些人来自寒冷地区，他们自称是从马萨米特拉来的，身上总是披着毛毯，好像天上无时无刻不在落雨下雪似的。只要暖一暖身子，这些人就忘了饥饿，所以佩德罗·萨莫拉就把他们派到上面的“火山地带”去守山口，那里除了沙子和被风洗净的岩石，什么都没有。而那些长得像白人的印第安人很快就喜欢上了佩德罗·萨莫拉，不愿跟他分开。他们总是紧随其后，成了他的影子，他吩咐他们做什么，他们就做什么。他们甚至会时不时地把村子里最漂亮的姑娘抢过来让他享用。

一切我都记得很清楚。我记得我们在山上度过的那些夜晚，我们悄无声息地走着，困得要命，可追兵就在后面循着我们的足迹紧紧跟着。我似乎还能看到佩德罗·萨莫拉，肩上裹着紫红色的毯子，盯着每一个人严防掉队：

“喂，说你呢，皮塔西奥，踢踢你的马呀！雷森迪斯，你别给我睡着啦，我要跟你讲话呢！”

是的，他一直关照着我们。我们在茫茫夜色中行进着，两眼因为犯困而模糊不清，脑子空荡荡的；而他了解我们每一个人，他一路上不断地和我们讲话，使我们不至于垂下脑袋。我们能感受到他那双睁得大大的眼睛，那双眼睛从来就不瞌睡，习惯了夜视，在黑暗中能认出我们每一个人。他一个一个地数着我们，就像是在数钱。然后他转到我们一侧。我们听着他的马发出的踢踏声，我们知道他的眼睛总是保持警惕；所以，我们所有人，对寒冷和倦意都毫无怨言，一路沉默着，好像全都失明了似的跟着他行进。

可是，自从萨尤拉的山坡上火车脱轨以后，一切全完了。要没有这件事，也许佩德罗·萨莫拉、“中国人”阿里亚斯和奇魏拉还有其他好多人兴许到现在还活着，造反也会顺利发展。可是，因为萨尤拉的火车脱轨事件，佩德罗·萨莫拉可把政府给惹恼了。

我似乎还能看到在堆尸体的地方升起的火光。他们用铲子把尸体聚拢在一处，或是让它们像原木似的滚到坡底，等尸堆垒得老高时，就浇上汽油，点火烧掉。风把恶臭带到很远的地方，很多天以后，还能闻到这死尸烧焦的气味。

此前我们并不知道会发生什么。我们先是在好长的一段铁路上撒了牛角和牛骨，这还不说，我们把弯道部分的铁轨也撬开了。干完之后，我们就开始等待。

晨光开始把万物照亮。在车顶上挤坐着的一堆一堆的人已是历历在目。能听到有些人在唱歌。是男人们和女人们的声音。他们从我们的面前经过，还半罩在夜色之中，但我们可以看清他们是戴着番号牌的士兵。我们继续等着。

火车没有停。

假如我们愿意的话，本可以放一阵子弹就完事了，因为火车开得很慢，喘着气，哼哧哼哧爬着坡。我们本来甚至可以和他们聊会儿天。可是，事实却是另外一副样子。

当他们感到车厢颠簸起来，整列火车都在晃荡，好像有谁在摇动它一样的时候，才发觉出事了。接着，火车头被载满人的沉重的车厢拖出了轨道，向后退去。它发出了几声低沉而悠长的哀鸣。可是，没有人救它。它给那望不到头的长列拖着继续向后退，直到失去了承重的土地，车身一歪，一头栽到了谷底。车厢也一节节飞快地随之下落，七零八落地躺在了底下。之后，整个世界都安静下来，仿佛所有人，连我们在内都死掉了。

事情的经过就是那样。

当幸存者一个个地从火车的残骸里探出身来时，我们给吓得浑身发抖，从那里撤走了。

我们躲藏了几天，接着联邦军把我们赶出了藏身之地。我们没法安顿下来了，连静静地嚼一片咸肉的工夫都没有。他们逼得我们根本没时间睡觉，没时间吃饭，已经无所谓是白天还是黑夜。我们想去托辛峡谷，但政府军先我们一步到达那里。于是我们沿着火山山坡走，爬上了最高的那几座山头，就在那个叫作“上帝之路”的地方，再次撞上了政府军的枪口。我们亲身体验子弹飞过头顶的感觉。它们呼呼袭来，把我们周围的空气都烧热了，就连给我们挡子弹的巨石都给一枪一枪打得碎片四溅，就像是些土方而已。后来我们才知道，他们是在用机枪朝我们扫射，这些机枪能把人打得浑身是孔，而当时我们只当是碰上了好多敌兵，有成千上万，那时候只想快快溜掉。

我们能逃的人全逃走了，奇魏拉却留在了“上帝之路”。他蜷缩在一丛野草莓后面，脖子上还像是御寒似的裹着条毛毯。我们四散开各走各路逃避死神的时候，他就在那里望着我们。他露出沾满血污的牙齿，似乎是在嘲笑我们。

我们四散逃亡，很多人因此幸存下来，还有些人却因此遭殃。我们不论跑到哪里，都能看到在某条路上竖着桩子，上面倒挂着我们的人。他们的尸体就给挂在那里，慢慢腐烂，直至像没有经过鞣制的皮革一样卷曲起来。秃鹫从尸体的内部吃起，把内脏掏出来，最后只留一具空壳在那里。这些尸体给吊得很高，所以一经风吹就左右摇晃，一连好多天，有时是好几个月，有时只剩下裤子背带在风中晃荡，就像是有人专门把它们挂上去晾干似的。谁要看到这样的景象，就会觉得，我们真的完了。

连我在内的一些人一直逃到了戈兰德山，我们像蛇一样匍匐在地面上，整天望着那方平原，望着远方山下的那块土地。我们生在那里，长在那里，现在却有人在那里等着我们去送命。有时候就连云团的影子都会把我们吓一跳。

我们很想跟人说，我们已经不是滋事之徒了，让我们过过安稳日子吧，可是，我们已经在四处闯了祸，人们已经变得不信任我们了。我们唯一取得的成果，是给自己制造了众多敌人，就连这边山上的印第安人也不欢迎我们了。他们说，我们把他们的牲畜都杀掉了。现在他们手上有了政府提供的武器，并且派人过来传话说，只要看到我们，格杀勿论。

“我们不想见到你们；要是见到了，就把你们统统杀掉。”他们派人来这么说。

就这样，我们的地盘一点点消失殆尽，就连我们需要用来葬身的地块都几乎没有了。于是，我们最后的这批人决定解散，每个人往不同的方向逃亡。

我追随佩德罗·萨莫拉有五年时间。有过好日子，也有过坏日子，加在一起整整五年。之后，我再也没见过他。有人说他跟了个女的去了墨西哥城，在那里被人杀掉了。连我在内的一些人一直在等着他回来，等着哪一天他再次现身，带领我们再一次发动武装起义；但是，我们已经厌倦了等待。他直到现在还没有回来。他在那里给人杀掉了。这是一个狱友告诉我的，说他已经被人杀掉了。

我是三年前出狱的。我因为好多项罪行在那里接受惩罚，不过，追随过佩德罗·萨莫拉是不算在其中的。这事儿他们不晓得。我是因为别的事情被捕的，我本就有劫掠年轻妇女的恶习，除此之外还有别的。现在，我就和我劫来的女孩子中的一个共同生活，也许在世界上所有的女人当中，她是最漂亮、最善良的那一个。那个时候，她就在监狱外头等着我被释放，谁也不晓得她等了多久。

“皮琼，我一直在等你！”她对我说，“我已经等你等了好久了！”

那时候我心想，她等着我是要把我杀掉。在那里，我在迷迷糊糊中终于想起她究竟是谁。我似乎又感觉到当时在特尔坎帕纳村落下的滂沱冷雨，那天晚上，我们进了村，把整个村子夷平。我几乎可以肯定，她的父亲，就是我们在离开时弄死的那个老汉。当时，我正把他女儿往马鞍上拽，还往她头上敲了几下，让她安静，让她别再咬我了；与此同时，我们的一个人往那老汉头上开了一枪。那是个约莫十四岁的女孩儿，生着双美丽的眼睛，让我好生折腾了一番，费了好大劲儿才让她服帖。

“我给你生了个儿子，”她后来告诉我说，“就在那儿。”

然后她指了指一个瘦瘦高高、眼神慌乱的男孩儿：

“把帽子摘下来，让你爹看看你！”

那男孩儿便听话地把帽子摘了下来。他长得真是跟我一模一样，眼神里也带着点儿坏。他总是要从他父亲那里传下点什么的。

“他也叫‘皮琼’。”那个女人说。现在她是我的女人了。

“不过，他不是什么盗匪，也不是什么杀人犯。他是好人。”

我把头低了下去。

求他们别杀我！

“求他们别杀我，胡斯蒂诺！快去，去跟他们讲呀。求他们发发善心吧。你就跟他们这么说。求他们发发善心吧。”

“我办不到。那边有个中士，压根儿就不想听人提到你。”

“那你就想办法让他听你说嘛。你动动脑筋啊，你就跟他说，这样吓唬一下就差不多了。你跟他讲，看在上帝分上，发发善心吧。”

“这不是吓唬不吓唬的问题。看样子他们真的要把你杀掉了。我可不想再去那里跑一趟了。”

“再跑一次吧。就一次好不好，看看能争取来什么。”

“不行。我不想去。按理讲，我是你儿子。我要是老往他们那里跑，他们终究会晓得我是谁，然后他们一不高兴连我也会枪毙了。这事儿就这样吧。”

“求你了，胡斯蒂诺。求他们可怜可怜我。你就跟他们说说吧。”

胡斯蒂诺紧咬牙关，摇着头说：

“不行。”

他又继续摇了一阵脑袋。

“你跟中士说说，让他放你去见上校。你告诉他，我已经很老了，一点儿用也没有了。杀了我有什么好处可以捞呢？啥都没有。他总归是有灵魂的。你求他看在拯救自己灵魂的分上，行行好吧。”

胡斯蒂诺从他坐着的石堆上站起身，走到院子门口。然后他转过身来说：

“好，那我去了。可他们要是不留意把我也枪毙了，将来谁来照料我的老婆孩子呢？”

“上帝会的，胡斯蒂诺。他会负责照料好他们的。你先赶紧去那里，看看能帮我多少吧。现在这才是要紧的。”

他们是早上把他带过来的。现在已是上午，他还在那里，给绑在一个木架子上，等待着。他没法平静下来。他本来还打算睡一会儿，压压惊，可他的睡意已不知去向。他也感觉不到一丝饥饿。他什么渴望都没有，只想活命。现在既然确切地知道就要被他们杀掉，他的心中升起了强烈的求生的渴望。这种渴望，只有刚刚起死回生的人才能体会得到。

他怎么会料到呢，那件事又给翻出来了。他本以为这事过去了好多年，给埋得很深了，已经烂掉了。就是当年他不得已把堂卢佩杀掉的事情。事情的起因并不像阿黎玛村的人所说的那样，他有他的理由。他记得：

堂卢佩·特雷罗斯，是石门庄园的主人，而且还是他孩子的教父。他，胡文西奥·纳瓦，不得已杀了他，因为他是石门庄园的主人，还因为，尽管他是他孩子的教父，也不肯把自己的牧草让给他的牲口吃。

一开始，他忍气吞声，不破坏规矩。可后来闹旱灾，他亲眼看着自己的牲口一头一头地受饥饿折磨而死，而他孩子的教父堂卢佩还是不许他的牲口碰自己牧场里的草，于是他一狠心砸了护栏，把那群瘦骨嶙峋的牲口赶了进去，让它们跑到草地上吃个够。堂卢佩可不喜欢这样，便命人把护栏堵上，结果他呢，胡文西奥·纳瓦又把洞捅开了。于是这护栏上的洞白天给堵上，晚上又给捅开。他的牛群就老待在那里，贴着护栏，等待着；它们以前是吃不上牧草的，只能闻闻味道而已。

然后他和堂卢佩就吵啊吵，总是没法和解。

终于有一天，堂卢佩跟他说：

“听着，胡文西奥，你敢再放一头牲畜进牧场来，我就把它宰掉。”

他回道：

“您听着，堂卢佩，牲口要找地方舒服舒服，错可不在我。它们又不懂人事。您要敢杀我的牲口，那您等着瞧吧！”

“然后他就杀掉了我的一只小牛犊。

“这是三十五年前的事儿了，大概是在3月份，因为4月份的时候，法官派人来抓我，我就上山了。我给法官送了十头母牛，没有用。我的房子给收走了，本以为可以换我出狱，也没有用。后来家里剩的全拿去买通他们，只为他们能放过我，可不管怎么说他们还是追着我不放。于是我就来到我的这另一块叫‘鹿角’的土地，和我儿子一起住。我儿子长大了，娶了媳妇伊格娜西娅，现在有八个孩子了。那事儿就这样子过了很多年，本应该没人记得了，可事实不是这样。

“那会儿我估摸着花上大概一百比索就能解决问题了。堂卢佩活着的时候是独来独往，只有他老婆还有两个没长成人的孩子陪着他。他老婆守了寡，大概因为太难过，很快也死掉了。那两个孩子就给带到远方的亲戚家里去了。所以呢，对于他们，倒没什么好担心的。

“可其他人老说我是个逃犯，要接受审判的，他们说这些来吓唬我，占我的便宜。只要有什么人到村子上来，他们就会跟我嚷嚷：

“‘胡文西奥，那边来了几个外乡人。’

“我就赶紧跑到山上，藏在野草莓丛里，一连过去好多天，单吃马齿苋。有时候我半夜里也得逃出来，好像被狗追着跑一样。就这样折腾了一辈子。不是一年两年的事情。整整一辈子啊。”

现在他们来找他了。他不会料到有谁会来，他深信，人们已经把他淡忘了；他相信，起码他最后的日子会过得安安静静的。起码会这样，他想，我会活到老的。他们不会来纠缠我了。

他对此完全抱有希望。所以，他很难想象自己在这个岁数上忽然就这么死掉。他已经为摆脱死神斗争了很久。他在惊惧中东躲西藏，耗掉了人生中最好的时光。那不得不隐匿世间的艰难岁月，让他的身体终成一副又老又硬的皮囊。

难道他连自己的老婆走了也不闻不问吗？那天早上，他得到消息说，他的老婆丢下他跑了，而他连下去寻她回来的念头都没有。他就让她跑了，也没有去打探她为什么要跑、和谁跑了或是去哪里了，就是不敢下到村子里来。他就让她跑了，其他一切也全都离他而去，他一概不管。他唯一顾得上的就是自己的性命，他无论如何要保住自己的命。他不允许别人来要自己的命。决不允许。现在更没得说了。

可就是为这个，他被带出了那里，离开了“鹿角”。他们不需要将他五花大绑防他逃走，他自个儿走。捆住他双手的，只有恐惧。他们也知道，他的身体已经衰老，两条腿瘦得像麻绳，出于对死亡的恐惧而抖抖索索的，断然是跑不了的。他去就是为这个。是去死的。他们就这么告诉他。

打那会儿起他就知道了。他开始觉得胃里痒痒的难受。只要感到死神临近，他立马就有这种感觉。这种感觉使他的眼睛里流露出焦虑，在他的嘴里充满了酸苦的口水，他不由得连连咽下这口水。他的双脚因此变得沉重，脑袋却变得轻飘飘的，心脏在胸中极其猛烈地搏动。不，他实在不能想象自己竟要给杀掉了。

应该有希望的。总还是有点希望的吧。也许他们弄错了呢。有可能他们要找的是另一个胡文西奥·纳瓦，不是他这个胡文西奥·纳瓦。

他默默地走在那群人中间，两臂无力地垂下来。清晨的天空是灰暗的，没有一颗星星。风缓慢地吹着，把干干的尘土带走，却又带来更多尘土，闻起来满是那种路上的灰土特有的类似铁锈的味道。

他那双随着岁月的流逝而黯淡了的眼睛，一直盯着脚下的地面看，尽管天还没亮。他全部的生命，都在这土地上。六十年了，他一直居住在这块土地之上，曾把土紧紧捧在手里，曾像品尝喷香的肉一样品尝过泥土的味道。他长时间地端详着每一块土地，细细品味，好像眼前的便是最后一块土地了。他也知道，差不多快到头了。

然后，他望望跟他走在一起的这些人，像是要开口说些什么。他想跟他们说，求他们放了他，让他自个儿跑掉："孩子们，我可没伤害过任何人哪。"他本想跟他们说的，可还是没开口。再过会儿跟他们说。他想。他只是不时看看他们。他甚至可以想象，他们是他的朋友；可他又不愿意这么想。他们不是朋友。他也不知道他们是什么人。他只是看到他们跟自己一道走着，时不时地跳到一边弯下腰来看路往哪边延伸。

他第一次看到他们的时候，暮色甫至。在这个色彩黯淡下去的时刻，一切都像是被烤焦了。他们踩踏着嫩玉米苗，翻过一道道垄沟。他下山来就是为这个：他要告诉他们，那里的玉米刚刚才长出来。可他们并不止步。

他早就看见他们了。他运气好，总是能提早看见一切。他本可以躲起来，在山上晃几个钟头，等他们走掉了再下山来。这玉米无论如何是长不起来的了。在那个时候，雨水早就该下来了，可就是不下雨，玉米都开始蔫巴了。不久之后，它们会彻底枯掉的。

所以，他本不该下来的；不该像落到洞里一样落到那群人手里，再也出不来了。

现在他继续跟他们走着路，耐着性子不去求他们放了他。他看不清他们的脸孔，他只能看见他们一会儿凑过来、一会儿晃过去的身影。所以，当他开口说话时，他都不知道他们能不能听见他讲话。他说：

“我从来没害过任何人哪。”就说了这个。可一切如常。那些身影中，没哪个有反应。那些脸孔并没有回过来看他。他们仍旧跟原来一样，好像都睡着了。

于是他想，没什么话可说的了。他得在别的什么地方寻找希望了。他又一次垂下了手臂，夹在那四个浑身被夜色染黑的大汉之间，朝村子的头几间房屋走去。

“上校，人在这里了。”

他们在黑洞洞的门口停住了脚步。出于礼貌，他把帽子拿在手上，等着里面有人出来。可出来的只有人声：

“什么人？”那声音问道。

“就是‘鹿角’的那个，上校。就是您吩咐我们带过来的那个。”

“你问他看，他是不是在阿黎玛村住过。”那里面的声音又说。

“喂，你听好！你在阿黎玛村住过没有？”站在他面前的中士把问题重复了一遍。

“是的。你跟上校说，我就是那里的人。不久前我一直住在那里。”

“你问他看，他认不认识瓜达卢佩·特雷罗斯。”

“上校的意思是，你认不认识瓜达卢佩·特雷罗斯。”

“堂卢佩吗？认识啊。你跟他讲，我认得他。他已经死掉啦。”

里面的声音马上改换了腔调：

“我知道他已经死了。”隔着那道芦竹编成的墙，那个声音继续说下去，似是在和墙那边的人交谈：

“瓜达卢佩·特雷罗斯正是家父。我长大后去找他，他们告诉我说，他已经死了。明知自己赖以生存的东西已经死掉了，还要成长，这的确很难。可我们还是挺过来了。

“后来我知道他是被人砍死的，肚子上还给插了一根长矛。他们还告诉我说，他失踪了有两天以上，后来是在一条小溪里给发现的。当时他躺在水里，还剩最后几口气，求人照顾好他的家人。

“这件事情，过去这么多年，好像已经被遗忘了。我尝试着去忘掉它。我忘不掉的是，我终于知道，干这件事的人还活着，还在用长生不死的幻想，滋润着他腐烂了的灵魂。我决不能饶恕这个人，虽然我并不认识他；可是我知道他就在那里，他终于出现了。这让我欢欣鼓舞，决心除之而后快。我不能饶了他，让他继续活着。他本就不应该来到人世。”

上校说的这一切，在这里，在屋外听得清清楚楚。然后他命令道：

“把他带走，捆起来晾一会儿，好让他受受罪，然后就毙了他！”

“看看我吧，上校！”他求道，“我已经废掉啦。我就要孤零零地老死掉啦。不要杀我……！”

“带他走！”那里面的声音又说。

“……我已经受过惩罚了，上校。我受过好多次惩罚了。我所有的一切都给夺走了。我受过各式各样的折磨。我像个染了瘟疫的人一样东躲西藏过了四十年，每时每刻都想着会有人来杀我。我不该这么死，上校。求你了，至少让主原谅我吧。不要杀我啊！你跟他们说，不要杀我啊！”

他还在那里，拿帽子拍击着地面，就像是挨了一通猛揍。他不停地号叫着。

那里面的声音很快又说：

“把他捆起来，给他灌点酒，灌到他醉，让他挨枪子儿的时候别疼着。”

现在，他终于安静下来了。他蜷缩在木架子下头。他的儿子胡斯蒂诺之前来过，走了，回去了，现在又来了。

他把老汉放到驴背上。他把他紧紧捆在驴鞍上，以防他中途掉落。他又拿一个大麻袋套住他的脑袋，以防他吓着人。然后他抽打着驴子，上路了。他急匆匆地赶路，只为能及早赶到“鹿角”，去料理死者的后事。

“你的儿媳和孙儿们会想念你的。”他一路跟他说着。“他们看到你的脸，不会认出你来的。他们看到你这张满是枪眼的脸，会以为你是给狼咬死的呢。”

卢维纳

在南方的高山中，卢维纳的山是最高的，也是石头最多的。山上遍布着那种可以用来烧石灰的灰色石头。可是，在卢维纳，人们并不拿它来烧石灰，并不利用它来赚一分钱。在那里，他们管这种石头叫生石，把通往卢维纳的那个山冈叫作生石坡。空气和阳光只管把山石研成细末，所以那里的土地是白色的，闪闪发光的，仿佛总被清晨的露水沾湿。不过这只是说说而已，因为在卢维纳，白天和黑夜一样寒冷，露水凝结在天空中，不至于落到地面上来。

……而卢维纳的地势很高，每一面都断裂成深不见底的悬崖。卢维纳的人说，从那些悬崖底下，升起来的是梦；可我看到的唯一升起来的东西，是风，它呼呼叫着，似乎是通过底下的芦竹管子吹上来的一样。吹着这样的风，连青杞也长不起来：这种凄惨的植物只要沾上一点泥土就能存活，伸开它所有的“手”紧抓住峭壁。只有偶尔，在有一点阴影的地方，才能看见藏在石缝里的蓟罂粟绽放白色的花朵。可蓟罂粟的花朵也很快就凋谢了。然后就能听见它挥舞着带刺的枝条抓挠空气的声音，就像是刀蹭着磨刀石发出的声响。

“您马上就会见识这在卢维纳猛吹的风了。这风是暗黑色的。有人说这是因为它带着火山灰；不过它确实是黑色的。您会看到的。它在卢维纳扎了根，抓住到手的东西不放，好像要把它们一口口啃掉。它把房屋顶刮走，就好像卷走一顶草帽，把那些破墙吹得光溜溜的像是脱去一层皮。这样子有好多天。然后它就开始抓抓挠挠，好似长了指甲：从上午到下午，每时每刻都能听到它的声音。它不知疲倦，掠过墙身，掀起地皮，用它的尖嘴锹在房门底下猛拱，人都能感觉到它在体内闹腾，好像就要把我们的骨头关节翻掉似的。您会看到的。”

说话的那个人沉默了一会儿，眼睛望着外面。

他们能听到涨潮的河水从野黑樱树的枝叶间流过的声音，听到风轻摇着扁桃树的树叶发出的低语声，以及在那为店铺里透出的灯光照亮的一方小天地里，孩童们玩耍打闹的声音。成群的白蚁不断飞进来撞击着油灯，带着烧焦了的翅膀纷纷坠落在地面上。

外面，夜色渐浓。

“喂，卡米洛，再给我们上两瓶啤酒！”那个人又说了一句。然后他继续说：

“还有呢，先生。您在卢维纳是看不到蓝天的。在那里，天际褪了色，永远蒙着一大块阴云，总没有消散的时候。整片山地都光秃秃的，没有一棵树，没有一点绿颜色的东西可以养养眼；一切都给包裹在灰雾里。您会看到这样的景象：阴惨惨的群山，好像死掉了似的，卢维纳就在最高的那座山上，山顶上的那圈白房子，好比是死人戴的花冠……”

孩童们的吵闹声飘了过来，一直钻进店里头。那个人只得站起来，走到门边朝他们喊道：“你们走远一点！别添乱！继续玩儿去，不许闹。”

然后，他回到桌边坐下，继续说道：

“嗯，就像我跟您说的那样。那儿很少下雨。六七月间来几场暴雨，把土地好生抽打蹂躏一番，只留下一摊乱石堆在地面上。这时候倒可以欣赏一下云朵，看它们如何爬动，看它们怎样从一座山头挪到另一座山头，摇摇摆摆的，就像是胀得鼓鼓的气泡；它们弹跳着，发出雷鸣声，好比是挨上悬崖锋利的边缘，一下子炸开了。可十到十二天之后，它们就走掉了，要到下一年才回来。有时候好几年它们都不回来，这样的情况也是有的。

"……是啊，很少下雨。就下那么一点点，或者几乎不下，这样一来，土地不单变得干干的，像老牛皮一样越缩越小，而且地上到处开裂，到处是那种那儿的人叫作'水渣'的东西。这东西不过就是干硬的土块，像棱角锋利的石头，人走路时这东西就会扎进脚里，好比在那里连土地也会生出刺儿来。就好比是这样。"

他将啤酒一饮而尽，只剩下泡沫在瓶里，然后他继续说道：

"不管从哪处看，卢维纳都是个非常忧伤的地方。您正往那里去，您会感觉到的。要我说，就是一个让忧伤筑了巢的地方。在那里，人们不晓得欢笑，好像所有人的脸上都盖着一面板子。您要是愿意，随时都能看到这种忧伤。在那里吹着的风搅动着这种忧伤，却永远不能把它带走。

它就停留在那里，仿佛就生在那里似的。这种忧伤甚至可以尝得到，感觉得到，因为它总是停留在人身上，死死地把人压住；因为它让人窒息，就像是在活蹦乱跳的心头敷上了一大块烂泥。

“……那儿的人说，在月圆之夜，能看到风的身影扫过卢维纳的街道，后面还拖着一条黑毯子；可我呢，每当在卢维纳有月亮的晚上，总能瞧见的，是悲伤的身影……总能瞧见。

“您喝啤酒呀。我看您一口也不愿尝。喝吧。也有可能您不喜欢口味这么淡的啤酒。可这里就只有这一种啦。我知道这啤酒味儿不好，喝起来味道跟驴尿似的。在这里，人会习惯起来的。跟您说实话，在那里连这玩意儿也搞不到。您到了卢维纳，就会想念这里的啤酒啦。到了那里，您只能尝到他们用一种叫‘奥哈赛’的草做的酒，只消喝上几口，您就会觉得天旋地转，好比给人打晕了。您还是喝您的啤酒吧。我知道我在说什么。”

外面依然能听到河水咆哮的声音，还有风的低语声，以及孩童们玩耍的声音。时已入夜，但看上去时候还早。

那个人走到门边张望了一下，又走了回来。

他继续说道：

“那边的东西，跟这边全然不一样。在这边看自然容易，只需跟着回忆走。不过，只要是我知道的关于卢维纳的情况，我就跟您继续讲下去，不费半点气力。我在那里住过。我把人生留在了那里……我去那里的时候满怀憧憬，回来的时候已变得老朽无用。现在，您往那边去……好吧。我好像还能记起当初。我把我换作是您，我来想想看……这样的啊，我第一次到卢维纳的时候……您肯不肯先让我把您的啤酒喝了？我看您根本不理会它。它对我可是很有用的，它能让我好受些。喝了啤酒，我就感觉是用樟脑油洗净了脑袋……嗯，我刚才说的是，我第一次到卢维纳的时候，把我们带到那里的车夫都不愿让他的牲口在那里歇歇脚。刚让我们落地，他就转身要回去了。

“‘我回去了。’他对我们说。

“‘等会儿嘛，你就不让你的牲口歇一会儿乘乘凉吗？它们可吃了不少鞭子啦。’

“‘在这儿只会更难受。’他说，‘我还是回去吧。’

“然后他就走了，从生石坡上一路往下，催他的马快跑，仿佛是在逃离一个鬼气森森的地方。

“我们呢，我老婆，还有我的三个小孩儿，我们就待在那里，站在广场中央，怀里抱着我们所有的家当。站在那里，只听得见风的声音……

“就是一个空荡荡的广场，连一棵可以挡风的草也没有。我们就待在那里了。

“我就问我老婆：

“‘我们这是在什么地方，阿格丽庇娜？’

“她耸耸肩。

“‘嗯，你要是不介意，去看看哪处有饭吃、哪处能过夜吧。我们在这里等你。’我对她说。

“她便拉着最小的那个孩子走了。可她没有回来。

“黄昏时分，当阳光在群山的山头上闪耀的时候，我们去找她。我们穿梭在卢维纳的小巷子里，终于在教堂里找到了她：她坐在那座孤零零的教堂中央，把熟睡的孩子放在她的两腿中间。

“‘你在这里做什么，阿格丽庇娜？’

“‘我进来祈祷。’她说。

“‘做啥用呢？’我问她道。

“她耸耸肩。

“在那里都不知道该向谁祈祷。那是个空荡荡的破屋子，没有门，只开着几个洞，屋顶遍布裂缝，风漏进来，就像是在过筛子。

“‘哪儿有小吃店？’

“‘这里没一家小吃店。’

“‘客栈呢？’

“‘这里没一家客栈。’

“‘你看见什么人没有？有没有人住在这里？’我问她。

“‘有的，就在那前头……有几个女的……我还能望见她们。你看，就在那扇门的裂缝后头，我看见那些朝我们看的眼睛在发亮呢……她们一直在往这边看……你看。我能看到她们亮闪闪的眸子……可她们没东西给我们吃。她们头也不抬地跟我说，在这个镇上，没有吃的……然后我就进到这里来祈祷，来求上帝保佑我们了。’

“‘你为什么不回到那边去呢？我们等了你好久。’

“‘我是来这里祈祷的。还没完呢。’

“‘这是什么地方啊，阿格丽庇娜？’

“她又耸耸肩。

“那晚上我们就在教堂的一个角落里，在散了架的圣台后面安身过夜。那里也有风，虽然势头要小一点。我们久久地听着它从我们身上掠过，发出长长的叫声；我们久久地听着它出入那空空的门洞，用它看不见的手掌拍击着那些十字架：那些巨大的、坚硬的十字架是用牧豆树的木头做的，它们挂在教堂的墙上，一溜排开，维系住这些十字架的铁丝每被风摇晃一下就吱吱作响，像是磨牙发出的声音。

“孩子们一个劲儿地哭，他们害怕得睡不着觉。我老婆只顾着把他们牢牢抱在两手之间。她抱着她这一堆孩子。我待在那里，不知道做什么好。

“快到天明时，风才安静下来。然后它又卷了回来。不过，在清晨时分，有那么一会儿，四下里静悄悄的，仿佛天空已经与大地合在一处，沉沉地压住了所有的喧嚣……但还能听到已睡去的孩子们的呼吸声。我听着老婆在我身边发出的呼气声：

“‘是什么啊？’她问我。

“‘什么什么？’我问她。

“‘就是这个，这声音啊。’

“‘这是寂静的声音。睡吧。养养神，哪怕就一会会儿，天都快亮啦。’

“然而，片刻之后，我也听到了这声音，像是蝙蝠在黑暗里扑扇翅膀的声音，离我们很近。是长着巨大翅膀的蝙蝠，翅膀直蹭到地面。我站起身来，那扑扇翅膀的声音听上去更猛烈了，好像那群蝙蝠受了惊吓，朝着门洞飞去。

然后我踮着脚尖往那边走去，感觉到我前方有微弱的、小声说话的声音。我在门口停住脚步，看到她们。我看到卢维纳所有的女人，都在肩头上搁着个坛子，头上挂着面纱，在黑色的夜幕上显出她们黑色的身影。

“‘你们这是干什么？’我问她们，‘这时辰你们找什么呢？’

“她们中有一个人答道：

“‘我们去打水。’

“我看到她们在我面前停住步子，望着我。然后，就像一群黑影一样，带着她们的黑坛子往街那头走去了。

“忘不了哇，我永远也忘不了我在卢维纳度过的这第一个夜晚。

“……您不认为这值得我们再喝口酒吗？哪怕是帮我冲掉这回忆的苦味。”

“您好像问我的是我在卢维纳待了有多少年，对吧？其实我也不知道。自打给热病缠上，我对时间就没概念了；应该待了有好久好久了……在那里，时间是漫长的。谁也不记得时间，谁也不关心一年又一年如何过去。一个个日子，开始又结束。然后就是夜晚。只有白天和夜晚，直到死去的那一天。对于他们来说，死是一种希望。

“您准会想，我在同一个说法上绕来绕去。就是这样的，先生……坐在门槛上，看日出日落，头抬起来又低下去，直到最后一身的弹簧松弛了，然后一切归于平静。时间没有了，好像永远生活在永恒之中。这就是那里的老人做的事情。

“因为，就像有人说的那样，住在卢维纳的，只有老头老太和那些还没生出来的……还有那些体弱无力、瘦得都没发育完全的女人。在那里出生的孩子全都走了……天一亮，他们就长大成人了。就像有人说的那样，他们从母亲的胸口一跳跳到锄头上，然后就从卢维纳消失了。就是这个样子。

“只剩下老头老太和单身女人，也有的女人有丈夫，却只有上帝才知道那人跑到哪里去了……他们时不时地回来，就好像我刚才跟您讲起的那种暴雨一样。他们回来的时候，整个镇上都能听到一阵嘀嘀咕咕的声音；他们离开的时候，又是一片嘟囔声……他们给老人留下装着食粮的口袋，在他们女人的肚里种下又一个小孩儿，然后谁也不晓得他们怎样了，直到下一年，也有人一去就音信全无……这是规矩。那儿的人管这叫法则，反正都一样。孩子们终其一生为他们的老爹劳作，就像他们的老爹为他们自己的老爹劳作，谁也不晓得在他们前面已有多少人如此往复履行他们的法则……

“而老人们就坐在门口，耷拉着手臂，等待着他们，等待着死去的那一天。能激起他们的热情的，只有儿子的感恩之心所带来的愉悦……他们在卢维纳的那片孤独中独自等待。

“有一天我试着劝说他们离开这里，去找个地块好点儿的地方。‘我们离开这里吧，’我跟他们说，‘我们总有办法在别的什么地方安顿下来的。政府会帮助我们的。’

“他们听我说完，只是瞪着深邃的眼睛望着我，眨也不眨一下。从他们眼窝的最深处，只探出一点点光芒来。

“‘你说政府会帮助我们的，是吧老师？你不了解政府吗？’

“我回答说了解。

“‘我们也了解政府啊。真巧啊。我们不了解的是政府他妈。’

“我告诉他们说，政府的母亲是祖国。他们摇着头说不是。然后他们笑了。那是我唯一一次看到卢维纳的人绽放笑容。他们露出一口残缺不全的牙齿，告诉我说不是的，政府是没有妈的。

“他们说的没错，您懂吗？只有他们的某个孩子在山下这边犯了事，这位政府先生才会想起他们。然后他就派人去追捕，一直追到卢维纳，然后把人干掉。除此之外，他们不知道政府是否存在。

“‘你想劝我们离开卢维纳，因为按你的说法，没必要这样忍饥挨饿。’他们对我说，‘可要是我们走了，谁来照看我们死去的亲人呢？他们就住在这里，我们不能把他们孤零零地撇下啊。’

“他们仍旧留在那里。您这会儿过去，准能见到这些人。他们嚼着牧豆渣子，咽着自己的唾液来暂时麻痹饥饿的感觉。您会看到他们紧紧挨着房屋的墙壁，几乎是在给风拖着走，像影子一般爬过。

“‘你们听不到这风的声音吗？’我最后对他们说，‘这风会夺去你们性命的。’

“‘它该刮多久，就让它刮多久吧。这是上帝的旨意呵。’他们说，‘要是风停了，才糟糕哪。真要那样，太阳就会跟卢维纳挨得很近，会吸掉我们的血，吸掉我们这身

皮囊里少得可怜的一点点水。是风儿让太阳高高地远离我们。这样才好一点。’

“我不再跟他们说什么了。我离开了卢维纳，再也没有回去过，也不想回去了。

“……可是您看，世道艰难哪。现在您正往那边去，不一会儿就要动身。大概有十五年了吧，当时他们跟我说一样的话：‘您要去的地方是圣胡安卢维纳。’

“那个时候，我有的是力气，脑子里满是想法……您知道，我们的脑子里都给灌输了好多种想法。人就带着这些没有成形的想法满世界去实现它们。可是在卢维纳不行。我试验过，结果一场空……

“圣胡安卢维纳。这名字听起来像是天上的某个地方，可那是个炼狱啊。在那个死气沉沉的地方，连狗都死光了，这寂静都没有狗叫声相伴了。人去了那里，待到习惯了那里的大风，就只能听到这在万物的孤独中包含着的寂静了。这会把人弄崩溃的。您看看我，我已经给弄崩溃了。您现在正往那里去，很快就会明白我跟您说的这番话了……

“我们让这位先生给我们换上几瓶龙舌兰酒吧，您看如何？喝啤酒，老是要起身，谈话不顺畅。喂，卡米洛，给我们上几瓶龙舌兰酒吧!

“嗯，我刚跟您说到……”

可他什么也没说。他两眼直直地盯着桌上的一块地方。没了翅膀的白蚁像光溜溜的蠕虫一样在桌上爬动着。

外面仍能听到夜色渐浓的声音，河浪拍打着野黑樱树的树干发出的水声，已经隔得远远的孩童们的吵闹声。门口的那方小小天空中，星星渐渐地探出头来。

那个正观望着白蚁的男人趴倒在桌上，睡去了。

北渡口[1]

“爸爸，我要去远行了；我来跟您打个招呼。”

“你要去哪里？如果我能知道的话。”

“去北方。”

“去那里干什么？你在这里不是有生意做吗？你不是在趸生猪吗？”

“那是从前，现在不啦，赚不到钱。上个礼拜，我们没得吃了。再上个礼拜，我们光吃苋菜。爸爸，我们在挨饿；

1　此为墨西哥北部边境城市华雷斯的旧称。

您是根本闻不到饥饿的味道的，因为您过的是好日子啊。”

“你在瞎说些什么呢？”

“我们在挨饿啊，您是感觉不到的。您卖您的烟火、炮仗和火药，靠这过好日子。只要有人搞活动，钱就像雨一样地落到您手上；可我不行啊，爸爸。这年头没有人养猪啦。谁要是养猪，那是他自己要吃的。谁要是卖猪，那卖得可贵呢。再说，我也没钱买得起猪了。没生意做啦，爸爸呀。”

“那你去北方怎么混呢？”

“反正是去赚钱。您也看到了，卡麦罗是发了财回来的，他还带了台唱片机回来，放音乐收费，一人五分钱。啥都能放，从丹松舞到那个叫安德松什么的专门唱伤心歌儿的，什么都有，他就美美地赚大钱，去听的人都要排队。您看到了，只是去一趟再回来而已。所以我要去。”

“那你的老婆孩子谁来管呢？”

“所以我才来跟您打招呼，托您照顾他们。”

“那你把我当什么了，保姆吗？你要走，那就让上帝来照看他们吧。我已经不能带小孩儿了，我带过你，带过你妹妹——愿她的灵魂安息，我已经受够啦。从今往后，我可不想背上什么责任了。就像俗话说的：‘钟舌没了，钟就歇了。'”

“我不知道说什么好了，爸爸，我都不认得您了。您把我带大，我得到了什么？只有成堆的活儿。您把我带到人间，就让我自个儿去找路走。您都没把做烟火的手艺教给我，就好像防着我将来要抢您的生意。您就给我穿上短裤和衬衫，然后把我赶上大路，让我学着靠自己的本事过日子。您差不多是让我一手挡前面一手遮后头[1]出了家门的。您看，这就是后果：我们都饿得要死了。您的儿媳，孙子孙女，还有我，您的儿子，也就是说您所有的后代，全饿得走不动了，要倒下来死翘翘了。我的火气全是饿肚子给逼出来的。您觉得这合理合法吗？”

“这关我屁事！你结什么婚呢？你离开这个家，都没征求我同意。”

“我这么做，全是因为您从来就没觉得特兰茜托有什么好。每次我带她来见您，您都要让她不痛快。您想想，她第一次来时，我说：'爸爸，您看，这就是我要娶的那个姑娘。'您都没转过脸来望她一下。然后您就开始说文绉绉的话，说什么您洞悉她的内心，说得她好像就是个站街女。

1 俗语，形容极其穷困。

您说了一大堆连我也听不懂的话。所以我就再也不带她来见您了。那么您就不该对我记仇。现在，我只希望您能替我照料好她，因为我是真的要远行了。这儿实在是没有活儿干了，也没法找活儿干。”

“这些都是人家瞎说的。要干活才能吃到饭，吃了饭才能活下去。你要记着我的金玉良言。我活了这么大岁数，从来就不抱怨谁。我年轻的时候就不用说了，时不时就能弄到女人。工作能给你一切，更不用说是身体的急需了。问题是你脑子不好使。你可别说是我把你脑子教坏了的。”

“可您把我生下来了呀。您本该让我走上一条正道，而不是像把马往玉米地里一放，对我撒手不管了。”

“你走的时候，个子已经老高了。难不成要我养你一辈子？只有壁虎才到死也不挪窝。你得承认，你过得不算坏，谈了恋爱，还有了小孩；别人一辈子都还没有享受过这个呢，他们的年华就像河水一样流逝而去，没得吃也没得喝。”

“您是会作诗的，可连这个您也没教过我。哪怕我光会这个，我还能像您一样给人们带来点乐趣赚点小钱呢。那天我求您教我作诗，您就跟我说：‘你去进鸡蛋吧，这个更来钱。’一开始我贩鸡蛋，后来贩草鸡，再后来就趸生猪了，到那时为止，说老实话，我过得也不算坏。可是钱都用光了；孩子一个接一个地生出来，就像喝水一样把钱吸个精光，留不下来一分钱去做生意，又没有人肯给我赊账。我跟您说了，上礼拜我们吃的是苋菜，这个礼拜呢，连苋菜也没得吃了。所以我要走了。爸爸，虽然您不肯相信，我去远行还是很伤心的，因为我是爱我的孩子们的，不像您，把孩子们拉扯大之后就赶他们走了。”

“孩子，你要记着这句话：新窠里头留个蛋。等你到老了，你才会懂得生活，你会明白，孩子们会抛下你走掉的，不会感谢你一句；他们会把你所有的东西连同你的回忆都吃个精光。”

“您这是在作诗呢。”

“也许是吧，可这是事实。”

“您看，我可没把您给忘了。”

“你是有事求我才来找我的。你要是平安无事，才不会想起我呢。自从你妈去世后，我就感到寂寞；你妹妹死后，我更寂寞了；你离开这个家之后，我就感到我要寂寞一辈子了。现在你找上门来，想唤起我的情感；可你不知道，要让一个人起死回生，可要比创造一个新生命更困难呢。你学着点儿吧。漫漫长路能教会你很多东西。用你自己的抹布擦洗自己吧，这就是你该做的。”

“那么，您不帮我照料他们了？”

“你就走吧，不会有人饿死的。”

“您就直说会不会接这个担子吧，我要放心了才能走。”

“有多少人？”

“不过就三个男娃，两个女娃，还有媳妇，年纪还轻着呢。”

“你该说，骨头可轻着呢。”

“我是她的第一个丈夫。她没跟过别人，人很好。爸爸，您就疼疼她吧。”

“你什么时候回来呢？”

“很快的，爸爸。我一攒到钱就回来。您为他们做的，我会加倍偿还。让他们有饭吃，我拜托您的就是这个。”

人们从村子来到镇上，又从小镇来到城市。他们迷失在城市里，消散在人群之中。“您知不知道我在哪儿能有活儿干吗？”“我知道，你去华雷斯吧。我把你弄过去，收你两百比索。你去找某某某，就说是我派你来的。不过，这个可别跟任何人讲。”“好的，先生，明天我就把钱给您带来。”

“先生，那两百比索我给您带来啦。”

“好。我待会儿给你张条子，是给我们在华雷斯的朋友的。不要搞丢了。他会送你穿过边境，到了签合同的时候也能帮你忙。这儿是他的地址和电话，好让你尽快找到他。不，你不会去得克萨斯。你听说过俄勒冈吗？嗯，你就告诉他说你要去俄勒冈。去收苹果，对，不是摘棉花。看得出来你是个聪明人。到了那里你去找费尔南德斯。你不认识他吗？好吧，你就打听打听嘛。你要是不愿意收苹果，还可以去铺枕木。这个更来钱，时间也更长。你会揣着一大把美元回来的。可别把条子弄丢了啊。”

“爸爸，我们挨枪子儿了。”

“你是说谁？”

“我们啊。就在过河的时候。有人朝我们放枪，要把我们统统杀了。”

“在什么地方？”

“在那里，在北渡口，当时我们正在过河，大灯照花了我们的眼睛。”

“那又是为什么呢？”

“我不知道哇，爸爸。您还记得埃斯塔尼斯拉多吗？就是他拉我下水，往那边去的。他把整个行动的千头万绪跟我讲了一遍。然后我们先去墨西哥城，再从那里到达渡口。就在我们渡河的时候，有人用毛瑟枪朝我们开火。我急忙往回赶，因为他跟我说：‘快带我离开这里，老乡，别扔下我。’当时他已经肚皮朝天，浑身全是枪眼儿，没一块完整的肌肉。我使出浑身力气拖着他一点一点向前划，还要避开那些发着强光搜寻我们的大灯。我问他：‘你还活着吗？’他说：‘快带我离开这里，老乡。’过了一会儿他又说：‘我给打中了。’我的一条胳膊挨了一枪，胳膊肘上突出来的一块骨头给打没了。我只好用没受伤的那只手抓住他，跟他说：‘抓紧这里。’到了岸边，回到我们这一侧，在一个说是叫奥希纳加的地方，在灯光下，灯芯草丛中，他还是死掉了。灯芯草还在水面上荡啊荡，好像什么也没有发生过。

“我把他送上岸，问他道：‘你还活着吗？’他没回我话。我拼尽全力要把埃斯塔尼斯拉多救活，一直干到天亮；我在他身上揉呀搓的，按摩他的肺部，巴望着他能吭吭气儿，可他连哼也没再哼一声。

“那天下午，管移民的人遇上了我。

“‘喂，说你哪！你在这里干什么？’

“‘我在照料这个死了的人啊。’

“‘是你把他弄死的吗？’

“‘不是的，长官。’我跟他说。

“‘我可不是什么长官。那是谁干的？’

“因为看他穿着制服，上面还有那种老鹰的图案，我就猜他是军队里的人，而且他还带着把这么大的手枪，肯定错不了。

“他又问我：‘那么是谁干的，嗯？’他就这样反反复复地问我，到后来他揪住我的头发把我推来推去，我都没有伸手反抗。我胳膊肘受了伤，都没法自卫。

“我对他说：‘求您别打我啦，我的一只手废掉啦。’

“他这才停手。

“‘究竟是怎么回事？告诉我。’他说。

“‘昨晚上我们给发现了。我们是欢欢喜喜去的，兴冲冲满以为我们能到对岸去了，到了河中央，子弹就扫过来了。谁也躲不掉。只有我和他逃出来了，也就捡了半条命回来，您看，他都已经断气了。’

"'那么是谁向你们扫射的呢?'

"'我们都没看清楚他们的模样。他们只是用大灯照我们,然后叭咔叭咔,我们就听见枪声,再后来我觉得一只胳膊肘翻过来了,又听见这个人对我念叨着:'快带我离开这里,老乡。'不过,就算是能看见他们,对我们来说也啥用没有。'

"'那么应该是阿帕奇人干的。'

"'什么阿帕奇人?'

"'反正就是这么叫的,他们住在河对岸。'

"'那么得克萨斯不在河对岸吗?'

"'对,不过那里全是阿帕奇人,你不懂的。我去和奥希纳加的人讲一声,让他们过来把你朋友收走,你就准备回老家吧。你是哪儿的人?你不像是从那里过来的。你身上有钱没有?'

"'我从死人身上扒了这么多。不知道够不够。'

"'我那里有一队人马是专门对付遣返者的。我给你通行证;不过,要让我再在这里撞到你,我就要了你的命。我不喜欢两次见到同一张面孔。你走吧,快走!'

"然后我就回来了,爸爸,来把事情讲给您听。"

"这是你自找的,你轻信又愚蠢。你马上就能知道离家出走的后果了，马上就能看到走掉以后能赚来什么了。”

“有没有出什么事？我的哪个孩子死掉啦？”

“你的特兰茜托跟一个马夫跑了。好像她人还是很不错的，对吧？你的孩子们在这后头睡着呢。你自己呢就出去找个地方过夜吧，你的房子我已经卖掉了，用来补贴我的费用。你还欠我三十比索的代笔费。”

“行啊，爸爸，我不会怨恨您的。也许明天我就能在这儿找份活儿干，把我欠您的全都还上。您说的那个马夫是带着特兰茜托往哪个方向跑掉的？”

“那儿吧。我没留意。”

“那我一会儿就出发，去找她。”

“你往哪儿走？”

“那儿呀，爸爸，就是您说的她去的那个方向。”

你还记得吧

你还记得乌尔瓦诺·戈麦斯吧，就是堂乌尔瓦诺的儿子，迪马斯的孙子。迪马斯就是常导演牧人剧[1]、在独裁统治时代唱着“诅咒吧，邪恶的天使”死去的那个人。这已经是好多年前的事儿了，大概有十五年了吧。不过你该记得他。你还记得吧，那会儿我们叫他“老爷爷”，因为他的另一个儿子菲登西奥·戈麦斯有两个很调皮的女儿：一个又黑又矮，绰号“卷袖妹”，另一个个子很高，淡蓝色眼

1　墨西哥特有的一种戏剧形式，以耶稣的诞生为主要情节，一般在圣诞节前上演。

睛，有人说她不是他的种，还患有打嗝病。你还记得吧，我们在做弥撒时，到了举扬圣饼的时候，她的打嗝病发作，好似是在一边哭又一边笑，搞得一片大乱，人们只好把她架出去，给她灌了好多糖水，她才安静下来。她后来嫁给了卢西奥·齐科，他有一个小酒馆，原先开在里布拉多，在河流上游，特奥杜罗家的亚麻磨坊就开在那里。

你还记得吧，我们管他的母亲叫“茄子”，因为她老是出那种纠缠不清的事情，回回都扯上一个情郎。据说她是有自己的钱的，却全花在丧葬上了，因为她所有的孩子都是刚生下来就死了。她总是请人替他们唱颂歌，在乐声和侍童们齐声唱出的歌声中把死去的孩子带去公墓。侍童们唱着“和散那”[1]，唱着“天福”，还有那首唱到“主啊，我又给你带来了一个小天使”的歌。她就因为这个破败了的，因为每办一次葬礼，她都要花费不少钱，主要用来招待参加守灵仪式的客人喝桂皮茶。她只有两个孩子活了下来，就是乌尔瓦诺和娜塔丽娅。他们生下来时，家里已经很穷，她也没看着他们长大成人，因为她在最后一次分娩的时候死掉了。当时她年纪已经很大，有五十岁了。

1　赞美上帝语。

你应该认得她的，她喜欢跟人吵嘴，经常在菜市场跟小贩开骂，就因为她们给她的番茄太贵，她大吼大叫，说她们骗她的钱。后来她破败了，就常在垃圾堆里出没，收集洋葱皮、煮过的豆角和甘蔗梗子，好让她的孩子们"甜甜嘴"。她有两个小孩儿，这我已经跟你讲过了，她存活下来的孩子就这两个。后来就没有她的消息了。

这个叫乌尔瓦诺·戈麦斯的，差不多跟我们一样的年纪，比我们稍稍大几个月吧，玩硬币、耍花招，都很在行。你还记得吧，他那时候卖康乃馨给我们，我们就买了，其实完全可以跑到山上去摘的。他从学校院子里的那棵芒果树上偷来青芒果然后卖给我们，还用两分钱的价格从门房那里买辣橙子，然后五分钱倒卖给我们。他还拿他那些破烂玩意儿搞抽奖，一大半奖品就放在他衣服口袋里：玛瑙弹珠、陀螺、响片，甚至还有绿壳甲虫。那种甲虫，一般都是在它一条腿上系一根线，这样就飞不远了。

那时候，他跟我们所有人都做买卖，你还记得吧。

他姐夫叫纳奇托·里维罗，就是那个娶了媳妇儿后不久就变傻了的。他老婆为了养家，不得不在大路口摆个摊儿卖菠萝汁，纳奇托就靠一把从堂雷夫希奥的理发店里借来的曼陀林谋生，弹奏的全是跑了调的歌曲。

那时候我们常跟乌尔瓦诺去看他姐姐，去喝菠萝汁。我们总是让他赊账，从来不付钱，因为我们从来就没有钱。后来没人跟他玩儿了，因为我们只要一看见他，就转过身去躲他，免得他过来要钱。

也许他就是在那个时候变坏了的，不过也有可能他生来就是个恶人。

他还没到五年级的时候就给学校开除了，因为他让人发现在洗衣处的后面、躲在一个没水的池子里和他的堂妹“卷袖妹”玩夫妻游戏。在哄笑声中，他被拎着耳朵带出大门口，男孩儿女孩儿们站成一排来看他出丑。他一路昂着头，伸出手来向我们示威，好像在说：“我会好好跟你们算账的。”

然后她也给拎了出去，一路上哭丧着脸，眼睛只看着墙，走到门口时才放声大哭；一整个下午，都能听到这狼嚎一样的哭叫声。

只是你记性太差，才想不起这事来。

听说他的叔叔菲登西奥，就是那个开榨糖作坊的，给他来了一通棍子，差点儿把他打瘫，他一气之下就远走他乡了。

事实上直到他当了警察回到这里的时候，我们才再一次见到他。他总在中心广场待着，坐在一条长凳上，把卡宾枪放在两腿之间，朝所有人投去仇恨的目光。他不跟任何人讲话，也不跟任何人打招呼。要是有人望望他，他就装作谁也不认识。

就在那时候，他杀掉了他姐夫，就是那个弹曼陀林的。当时已是夜晚，八点钟刚刚过去一点，晚祷钟还在一声声敲着，纳奇托鬼使神差地跑去要给他献上一段小夜曲。然后就传来喊叫声，在教堂里祈祷的人们赶紧跑出来看：只见纳奇托四脚朝天，用曼陀林护着自己的身子，乌尔瓦诺抡起枪托一下接一下地砸他，狂怒的样子像一条疯狗，人们朝他大叫大喊，他充耳不闻。到后来终于有人从人群里冲出来，看样子也不是这里的人，跑过去夺下他的枪，然后挥起枪猛击他的后背，打得他弯下腰来，趴在花园里的长凳上。

他就给扔在那里过了夜。天亮时，他走了。有人说他曾跑到神父那里，甚至还求神父为他祈福，不过神父没听他的。

他是在半路上给人逮着的。他一瘸一拐地往前走，刚坐下来歇脚，他们就赶到了。他没有反抗。听人说他把绳子套到自个儿脖子上，甚至还挑了自己最喜欢的那棵树，接受绞刑。

你该记得他，因为我们曾是同窗，你和我一样都了解他。

你听不到狗叫

“伊格纳西奥，你告诉我，你在上头有没有听见什么声音，有没有看到什么地方亮着光？”

“啥都看不见。”

“应该不远啦。”

“是啊，可啥也听不到啊。”

“你好好看看。”

“啥也看不见。”

“你真惨哪，伊格纳西奥。”

这两个人长长的黑影继续一上一下地晃动着，爬过乱石堆，沿着河岸行进，忽而变小，忽而变大。看起来是两个人的影子合在了一起，不停地摇摆着。

月亮像一团火焰，从大地上升起。

“我们应该快到那个村子啦，伊格纳西奥。你的耳朵露在外面的，你仔细听听，有没有狗叫。你想想看，不是说托那亚就在山后面的吗？我们啥时候就已经过了那座山了。你想想看，伊格纳西奥。”

“是啊，可我啥也看不到啊。”

“我累啦。”

“放我下来吧。”

老汉往后退着步子，直到碰到一堵断墙，然后就靠在那里，但没把背上的重负放下来。尽管两腿发软，他也不愿坐下来，因为要那样的话，他就抬不起他儿子的身体了。数个钟头之前，是人家帮着把他儿子扛上他的背的。打那会儿起，他就一路这样背着他。

“你感觉怎样？”

“难受。”

他很少说话。他的话越来越少了。有些时候，他好像睡着了。有些时候，他好像浑身发寒。他不住地打战。他也知道儿子什么时候在打战，因为他一打战，他也跟着晃动起来，而他儿子的一双脚就像马刺一样插进他的腰间。接着是儿子的双手，原先是紧紧抱住他脖子的，现在也摇着他的脑袋，好似在玩拨浪鼓。

他紧咬着牙，免得咬着自个儿的舌头。待到儿子终于安稳下来，他就问：

“你很疼吗？”

“有点儿。”他说。

之前他先是说：“让我下来吧……把我放在这儿吧……你自个儿走吧。我要么明天，要么好一点儿的时候准会动身赶上你的。”他跟他说了有这么五十次了。现在他连这些话也不说了。

月亮就在那里，就在他们面前。一轮大大的红月亮，照得他们满眼都是光亮，照得他们投在地上的影子越来越长，越来越暗。

“我看不清我在往哪边走了。”他老是说。

可没有人回应他。

另一个人在上头，浑身洒满了月光，脸上没有血色，也没有血迹，泛着黯淡的光。他就在那个人的下面。

“你听到没有，伊格纳西奥？我说我看不清。”

那一个还是不吭声。

他继续跌跌撞撞地赶路。他时不时就弯弯腰，然后又挺直身板，继续跌跌撞撞地往前赶。

“这是什么路呀？他们告诉我们说托那亚就在山背后。我们已经过了这座山，可还是见不到托那亚，也听不到什么声音能告诉我们，托那亚就在眼前了。你就在上头啊，你为啥就不能告诉我你看到什么了呢，伊格纳西奥？”

“放我下来吧，爸爸。”

“你觉着难受吗？”

“嗯。”

“我说什么也要把你带到托那亚。到了那儿我就能找着人来照看你了。他们说那儿有个大夫。我把你带给他看看。我已经背着你好长时间了。我不会把你撂在这里，让人家来要你的命的。”

他的身子忽然微微晃了一晃。他往边上跨了两三步，又挺直了身子。

“我要把你带到托那亚。”

“放我下来。”

他的声音变得更轻了，差不多是在喃喃地说：

“我要睡会儿。”

“你就在上头睡吧。我总归会把你抓牢的。”

月亮几乎变成了蓝色，缓缓升起在清澈的夜空当中。老汉大汗淋漓的脸上洒满了月光。他的头给儿子的双手紧紧勒住，低不下来，于是他只好眯缝起眼睛，不让它们正对着月光。

“我现在做的这一切，才不是为你呢。我全是看在你死去的亲娘分上的。因为你是她儿子，所以我才这么做的。我要是见到你不管，把你丢在那里，或是不把你背起来去找人给你疗伤，就像现在这样，她准会怪我的。是她鼓动我这么做的，不是你。要从头说，你给我带来的净是麻烦、折磨、耻辱。”

他说着话的时候，还在不住地流汗。夜风把他的汗吹干。吹干了，他又开始流汗。

“我的腰快断了，可我总归会把你带到托那亚的，让他们治好你的伤。但我可以肯定，等你好了以后，你还会走你的老路干坏事的。这我就管不着了。只要你走得远远的，不让我再知道你的任何消息，就行了……因为对我来说，你已经不是我儿子了。你从我身上传过去的血，我已经诅咒过了。你身上属于我的那部分，我已经诅咒过了。我说过：‘让我给他的血在他的身体里发臭吧！’那时我刚刚晓得，你在路上游来荡去、干杀人越货的营生……而且杀的都是好人。我说的要是不算，还有我的老哥们特朗吉里诺。是他给你行洗礼的。是他给你取名字的。他也倒了霉，撞上了你。打那时候起我就说：‘他不是我儿子。’

“你再看看，能看见什么没有。或是能听见什么。你在上头，可以的，我是觉得我耳朵聋啦。”

“我啥也看不见。”

“你可糟糕啦，伊格纳西奥。”

“我渴。”

“坚持一下！我们应该快到了。问题是现在夜很深，村里的灯火全熄了。可你起码能听到有没有狗叫吧。你仔细听听。”

“给我水。”

“这里没有水。这里只有石头。再坚持一下。就算有水，我也不能放你下来喝水呀。要再把你抬上去，没人帮我，我自个儿可是不行的。”

“我好渴，好困哪。”

“我记得你刚生下来时候的样子。那时候你就这个样子。你老是饿醒，然后就吃，吃了再睡。你妈就给你喝水，因为你把她的奶全吃完了。你总吃不饱，而且你脾气可坏了。我从没想到，你越长越大，脾气也越来越大……可事实就是这样。你妈现在已经安息了。她就希望你长得壮壮的。她相信等你长大了，你就能当她的支柱。她什么都没有，只有你。她又怀上的一个孩子把她弄死了。她现在要是能活过来，准会又给你弄死一次。”

他感觉到扛在肩头的那个人松开了紧抵住他的膝盖，两只脚也垂了下来，往两边摆动着。他还觉察到他头顶上的那颗头颅抖动着，像是在啜泣。

他感到有大滴大滴的水珠，像是眼泪，掉落在他的头发上。

“你哭了吗，伊格纳西奥？你想起你娘，所以哭了，是不？可你从来就没为她做过什么。你总是对我们以怨报德，好像我们就从没有给过你慈爱，而是给你浑身灌满邪恶。现在你看到了？他们把你打伤了。你的朋友们呢？他们全都给干掉了。可他们没有谁好牵挂的。他们完全可以说：‘没有谁会可怜我们。’可是你呢，伊格纳西奥？”

村子就在眼前了。他看到在月光下发亮的屋顶。他感到在使这最后一点劲的时候，两只膝盖都要崩掉了，觉得他儿子的重量要把他压垮了。走到第一间屋子的时候，他斜靠在路边的栅栏上，把儿子的身躯松松垮垮地放了下来，仿佛一身的骨头已经散架了。

他费力地把儿子一路卡紧在他脖子上的手指一根根掰开。待到全部松开后，他听到四处响起了狗叫声。

“你没听见狗叫声吗，伊格纳西奥？”他说，“你连这点希望也不肯给我。”

地震的那天

“这是9月份发生的事儿。不是今年9月，是去年9月。要么还是前年9月啊，梅里东？”

“不，是去年9月。”

“是的，要是我没记错的话。是去年9月，21号的样子。喂，梅里东，9月21号不正是地震的那天吗？”

“要再往前一点。我认为是18号。”

“你说的没错，那几天我正在图卡库埃斯科。我亲眼看见那些房子轰然倒塌，仿佛都是用蜂蜜糕做的。它们就这样扭曲身形，摆弄鬼脸，随后整面整面的墙就倒在地上。

然后人们惊恐万分地从瓦砾堆里冲出来，大喊大叫着直往教堂狂奔。嗯，等会儿啊。喂，梅里东，我觉得图卡库埃斯科好像没有一间教堂的。你不记得了吗？”

“的确没有。只有几堵破墙，有人说大概两百年前那里是教堂；不过谁也不记得这座教堂了，更别提是什么模样了。那地方更像是个荒废了的猪圈，里面长满杂草。”

“你说的对。那我不是在图卡库埃斯科碰上地震的，应该是在埃尔波乔特。可埃尔波乔特不是个村寨吗？”

“是的，不过那儿有个小礼拜堂，那儿的人就管它叫教堂；就在洛萨尔卡特拉塞斯庄园过去一点儿。”

“那么我说的地震就是在那里发生的，当时整个大地都扭了起来，好像有人在底下将它猛烈摇晃。后来，短短几天之后，我记得我们还在加固墙体，州长来了，他来看看，他到这里来能提供什么帮助。你们都知道，只要州长一来，只消人们望望他，一切问题都解决了。重要的是他至少能来看看出了什么事，而不是躲在他自己家里光是发号施令。他一来，一切都好办了，尽管房子塌了，大家还是因为能亲眼看见州长本人而兴奋不已。是不是这样的啊，梅里东？”

“绝对没错。”

"嗯，就像我刚才跟诸位讲的，去年9月，就在地震过后一点点，州长就大驾光临，来看看地震把我们搞成什么样子了。他带了地质学家和有学问的人过来，你们别以为他是独自过来的。喂，梅里东，招待州长手下的人吃喝大概花了我们多少钱？"

"大概有四千比索吧。"

"嗯，他们也就待了一个白天，晚上就走了，要不然谁晓得我们会被敲掉多少钱哪。不过，说真的，我们当时都很高兴：大家为了一睹州长的真容，都伸长了脖子去看，弄得脖子都酸了。大家七嘴八舌地议论他是怎样吃火鸡的，有没有把骨头都啃干净；他往玉米饼上抹鳄梨酱，卷了一个又一个，速度真快；啥都要看个仔细。他倒是稳稳当当，一脸严肃。为了不把餐巾弄脏，他都在自个儿袜子上擦手。餐巾呢，只拿来时不时地掸掸胡须上的灰。然后，等到他们喝下去的加了石榴汁的潘趣酒冲脑袋的时候，他们就齐声唱起歌儿来。喂，梅里东，那首他们跟唱片似的一遍遍唱的歌儿叫什么名字？"

"反正有句歌词儿是'你不知何时祭奠亡灵'。"

"你记东西可真有本事，梅里东，一点没错。是的，就是这首歌儿。州长呢，也就笑笑；他问洗手间在哪儿。

过后他又坐回原位，一个劲儿地闻桌上摆的康乃馨。他望着那些唱歌的人，点着头，打着拍子，一直在微笑。毫无疑问，他很开心，因为他的人民都很开心，他都能猜出他们在想什么。到了发表演说的环节，他手下的一个人站了起来。那人昂着头，脸长得有点儿歪向左边。他就开讲了。不用说，他知道的东西可多了。他讲到华雷斯[1]，就是我们广场上立着的那尊人像。到那时我们才知道那是华雷斯，以前从没有人能告诉我们，那个高高地竖在那座纪念碑上的家伙究竟是谁。我们总以为大概是伊达尔戈[2]或是莫雷洛斯[3]或是贝努斯蒂亚诺·卡兰萨[4],因为每到他们任何一个人的纪念日，我们都要在那里搞个仪式。结果是这个帅哥过来告诉我们，说那是堂贝尼托·华雷斯。他说得多好听哟！是不是啊，梅里东？你记性这么好，肯定记得那家伙都吹了些什么。”

“我记得很清楚；不过我已经重复了好多遍了，再讲

1　贝尼托·华雷斯（1806—1872），墨西哥印第安裔政治家，曾数次出任墨西哥总统。

2　米格尔·伊达尔戈（1753—1811），墨西哥神父，在墨西哥独立战争中担任起义军领袖。

3　何塞·玛利亚·莫雷洛斯（1765—1815），墨西哥神父，亦曾在墨西哥独立战争中担任起义军领袖。

4　贝努斯蒂亚诺·卡兰萨（1859—1920），墨西哥革命领导人之一，曾于1917年至1920年间任墨西哥总统。

都要让人烦了。”

“好吧，那就不必讲了。只是这几位先生就错过一些精彩之处了。你待会儿就把州长讲的话给他们讲一遍吧。

“怎么回事呢，本来是慰问伤员和无家可归者的活动，却搞成了大吃大喝。先是从特佩克来的乐队，他们进村的时候已经晚了，因为所有的汽车都忙着去接州长带来的人，乐手们只好步行前来；不过他们总归是来了。他们使劲弹着琴、敲着鼓、击着钹，发出咚咚锵、锵、锵的声音，兴冲冲地奏着《落水鹰》。这场面所有人都见识了，就连州长也脱下上衣，解开领带。热闹还在继续。他们又拿来好多瓶潘趣酒，忙着烤更多的鹿肉。尽管你们可能不愿相信，他们也不明就里，他们吃着的可是当地盛产的鹿肉。他们连连称赞烧烤很棒的时候，我们都笑了，是不是啊，梅里东？我们这儿的人连烧烤是什么都不知道。反正我们刚给他们端上一盘，他们就要求再上一盘了，没办法，我们就忙着伺候他们了；因为，就像管印花税的黎沃里奥说的，‘办这场接待花多少钱都不要紧，钱总归会起点作用的’，顺便说一句，这黎沃里奥平日里可是很抠的。还有你，梅里东，那会儿你还是市长呢，你说：‘就让酒水哗哗流吧，像这样的来访就得这么办，不吃亏的。’你说这话的时候我都不认得你啦。是的，酒水哗哗流，一点不假；桌布都给染红了。那帮人简直就没有满足的时候。我只注意到，州长从没离开过他的座位；他连手都不用伸一伸，一个劲儿地吃着喝着摆到他面前的东西；可那帮马屁精拼了命地要在他桌上堆满东西，弄得他手上的盐瓶儿都没地方摆了，结果等到他把盐用完的时候，他只好把空瓶子塞到衬衫口袋里。我上前去问他：'您不喜欢加点盐吗，大人？'他就笑着把兜里的盐瓶拿给我看，我这才明白是怎么回事。

"他开始发话的时候，那才精彩呢。我们都激动得浑身起了层鸡皮疙瘩。他慢悠悠地站直身子，很慢很慢，我们都看到他用一只脚把椅子往后挪了挪；接着他把手放到桌上；然后他低下头，好像要发话了，他咳嗽了一声，我们所有人都安静下来。梅里东，他都说了些什么？"

"'同胞们，'他说，'在此我回想我曾经的历程，发掘我曾许下的诺言的唯一初衷。我曾经访问过面前的这块土地。当时，我是以无名小卒的身份，是以一位代表人的全能合作者的身份，陪同一位总统候选人来到这里。他的高风亮节，与他的政治宣言始终紧密联系在一起。他与人民高度统一，把史无前例地充满干劲与决心的革命理想主义与他本人所体现的简朴精神融合在一起，他本人就是民主原则的有力说明。'”

“讲到这里的时候掌声响起了吧，有没有啊，梅里东?”

“没错，好多人鼓掌。然后他继续讲下去：

“‘我的路线，也是一样的，同胞们。身为候选人的时候，我就慎于承诺，我只为我力所能及的事情做承诺，这是我的选择。这些事情最终落实后，都会成为公众利益，而不会变成某个公民家族的特殊利益。今天我们站在这里，面对大自然的这起反常事件，它并没有为我的施政纲领所预见到……'

“‘是啊，大人!’那边有人大喊，‘是啊！您说得太对了。'

“‘……面对这个情况，我是说，当大自然惩罚了我们的时候，我们就奔赴地震的中心。地震摧毁了你们的家园，本来也有可能是我们的家园，而你们的家园就是我们的家园；我们赶来进行救援工作，不会像尼禄那样把别人的苦难当成自己的乐事，而是迅速伸出手来，慷慨地投入我们的力量，帮助你们重建破碎的家园，像兄弟那般伸出手来，为你们笼罩着死亡阴影的家园减缓悲哀。这个多年前我曾经不怀一丝权力的欲望访问的地方，过去是那样幸福，如今是这样哀伤，我为此痛心不已。是的，同胞们，不论是活着的人为他们失去的财产所感受到的苦痛，还是人们为眼前这些瓦砾堆之下死去而未被安葬的亲人所感受到的剧痛，都刺痛了我的心。’”

“讲到这儿的时候又有好多人鼓掌，是不是啊，梅里东?”

“没有，讲到这儿的时候，又传来刚才的叫喊声：‘是啊，州长先生！您说得太对了。’然后这边又有人说：‘让那个醉汉闭嘴！’”

“噢，是的。当时看样子桌子那一头的人都要起哄了，不过州长再次发话，大家才安静下来。”

“‘图卡库埃斯科的人民，我再次强调：你们的不幸让我心痛。虽然贝尔纳尔，伟大的贝尔纳尔·迪亚斯·德尔·卡斯蒂略[1]曾说：“死去的人，是早先与死神订立过契约的。”可我基于本体论和人道的思想，我要说：我心痛啊！就像是看到刚刚长成的小树突然倒下。我们将会竭尽所能帮助你们。政府中的积极分子从他们的位子上发出呼声，要为在这场无法预知也绝非人愿的惨祸中受难的人们

1　贝尔纳尔·迪亚斯·德尔·卡斯蒂略（1496—1580），西班牙殖民征服者，著有《征服新西班牙信史》。

提供救援。你们的诉求未得到满足，我的任期就不会结束。另外，我不认为给你们造成损失、夺去你们的房屋是上帝的意愿……’

“到那里就算完了。后来他说了些什么，我都没记住，因为后面的那些桌子上发出的吵闹声越来越大，很难听清楚他还在继续说什么。”

“一点不假，梅里东。那场面所有人都见识了。我就把发生的一切都告诉你们吧。还是州长随从人员里的那个家伙，又大喊大叫：‘是啊！是啊！’附带着几声口哨，大街上都能听见。当有人想让他住嘴的时候，他突然拔出手枪，举在他头顶上晃着圈，一枪枪地往天花板上放。一听到枪声，聚在那里围观的人们立马就跑散了。倒地的人把桌子也带倒了，只听到碗碟和玻璃碎裂的声音。有人朝那个开枪的家伙掼酒瓶让他闭嘴，结果全砸在墙上。那家伙在这当儿往枪里又填了一个弹夹，又放了一通枪，而他的身体摇摇晃晃、东倒西歪地躲避着从四面八方扔来的酒瓶子。

“此时州长就站在那里，沉着脸，皱着眉头，看着人们闹事，好像要用他的目光平息骚乱。

“也不知道是谁跑去跟乐手们说，让他们奏个什么曲子，反正他们就使出浑身解数奏起国歌来，那个长号手吹得好猛，腮帮子都快炸掉了；不过，那边还在继续闹腾。然后就连外面、大街上也开打了。有人跑来告诉州长，说那边有人在挥刀互砍。这可是真的，因为在这边都能听到女人们在喊：‘快拉开他们呀，要出人命啦！’不一会儿又有人喊：‘我老公给人杀啦！快抓住他啊！’

“州长呢，他动也没动一下，还站在那里。喂，梅里东，那个词儿是怎么说来着……”

“镇定自若。”

“正是，镇定自若。外面吵得凶，里面却好像安静下来了。那个喊‘是啊’的醉鬼睡着了；他给一只酒瓶砸中，两脚一叉躺倒在地上了。州长便凑到那人身边，把他手上的枪给夺了下来。他因为昏迷了过去，手僵了，还死死抓着枪。州长把枪给了另一个人，吩咐他说：‘你看着他，记着，他携带武器的资格已被取消。’那个人说：‘遵命，大人。’

“不知为什么，那些乐手还在演奏国歌，直到一开始讲话的那个帅哥举起两只胳膊，请大家为死难者默哀。喂，梅里东，他让大家为什么死难者默哀？”

“为众真地区的死难者。”[1]

---

1 说话人把 epifoco（震中）说成了 efipoco。

“嗯，就为这些死难者默哀。然后所有人都坐下来，把桌子摆正，继续喝潘趣酒，唱那首叫《悼灵时刻》的歌。

“现在我想起来了，那场闹剧的确是9月21号的事儿：因为我老婆就是在那天生下我们的儿子梅伦西奥的。那天我很晚才回去，虽是平安到家，却醉成一团。后来连续几个礼拜她都没跟我说话，她说她遇到困难的时候我把她孤零零丢下不管了。等到她心情好起来之后，她还说，我真是没用，当时都没喊个接生婆来，她只好自己想办法了，天知道她是怎么生的。”

玛蒂尔德·阿尔坎赫尔的遗产

不久以前，在科拉松·德·玛丽娅住着一对父子。爷儿俩被人唤作“隐士”，大概因为他们的名字都叫欧雷米奥[1]。一个叫欧雷米奥·塞迪略，另一个也叫欧雷米奥·塞迪略，不过，要把他们区分清楚，可一点也不费事，因为这一个要比另一个整整大了二十五岁。

最显著的差别在于，仁慈的我主上帝让老欧雷米奥长得那么高，那么壮，却把小欧雷米奥造得如此差劲，有人

1　西班牙语中“欧雷米奥”（Euremio）与“隐士”（eremite）发音相近。

说他连脑子也不行。就不说他是如何的瘦，如何在仇恨的重压下如同背着巨石一样生活了，也不知道他现在是否还活着。可以说，他的厄运就在于生到了这个世界上。

最讨厌他的人是他的父亲。他也算我的一个兄弟，因为是我给他的儿子施的洗礼。他似乎做什么事都靠他的个子。他是个块头很大的汉子，跟他站一块儿，哪怕是用目光掂量掂量他的力气，都是很需要勇气的事情。看到他的人都会觉得，上帝在造自己时是漫不经心或者用上了劣质材料。在科拉松·德·玛丽娅连同周边地带，一个男人能往上长这么高，仅此一例。那里的其他男人都是往横里长的，个子都不高。甚至有人说此地就是矮胖人的产地；那里的人确实长得又矮又胖，甚至生来就这样。在座的诸君若有人来自那里，但愿不要因此嗔怒，不过我还是坚持我的看法。

言归正传，我刚刚跟诸位讲起从前在科拉松·德·玛丽娅住过的几个人。老欧雷米奥有过一个别号叫“群鬼”的庄园。那庄园因为种种灾祸，破败掉了，但最大的灾祸还在于管理马虎大意。可他从不肯把这份财产传给儿子，也就是刚刚我跟诸位提到的，我的教子。他把庄园的土地一块接一块地卖掉，换来“宾嘉罗特”[1]喝，就这样把他的产业一口一口给喝光了。他这样做的唯一目的，就是让他儿子长大之后找不到什么赖以谋生的东西。差不多他也达到这个目的了。这当儿子的才长了那么一点点高，就成了个可怜鬼，幸好有几个好心人相助，才给拉扯大。他爹压根就不管他，倒是搞得好像一看见他，就脑袋充血。

不过，要把所有这些事儿搞清楚，还得往前说，早过那孩子出生之前，也许还得追溯到欧雷米奥认识那个后来成为孩子他妈的女人之前。

孩子他妈叫玛蒂尔德·阿尔坎赫尔。顺便说一句，她不是科拉松·德·玛丽娅的人，她来自一个地势更高的地方，叫丘帕德罗斯。那个姓塞迪略的从没到过那里。他要知道有这么个地方，也准是听人提起的。那会儿她是和我定了亲的；可是，谁也不知道别人心底里是怎么想的，我把她带去介绍给塞迪略，带点儿炫耀的意思，另一方面也

1　一种用龙舌兰汁制成的烧酒。

是想请他来我们的婚礼上做伴郎，结果我万万没想到，她先前说的对我抱有的好感很快就烟消云散，也没想到她对我发出的满口赞叹竟至于消退了热度，更没想到，她的心给另一个人夺走了。

这我是后来才知道的。

不过，我还是先得跟诸位交代清楚，这个玛蒂尔德·阿尔坎赫尔究竟是什么人，是干什么的。我接下来就讲。不急，我给诸位慢慢道来。我们有的是时间。

她的母亲是一个叫作西内西娅太太的女人，在丘帕德罗斯开了一家小吃店。那地方，就像有人说的，是个沉入黄昏的地方，我们每天收工后都去那里。只要是经过那里的马夫，总会知道有她这么个女孩儿，能看看她养养眼。在那段日子里，玛蒂尔德还没有消失，她是个像水一样渗入我们中间的小姑娘。

可就在谁也想不到的时候，在我们的不知不觉中，她竟长成女人了。她的两眼放出一种半睡半醒的光来，能像钉子一样紧紧钉到人的魂儿里去，怎么也拔不出来。接着她的嘴也发开来了，就像是被无数个吻撑大的。这姑娘变漂亮了，虽说各人有各人的看法。

的确，我是配不上她的。诸位知道，我只是个赶马车的。干这个纯粹出于爱好，因为赶路的时候还能跟自己说说话。

可是，往她那儿跑的路，比我一生中走过的所有的路加起来还要长。我甚至这么想，我永远都不会断掉对她的爱的。

可无论如何，她还是给欧雷米奥抢了去。

有一回出去跑路回来，我才知道她已经嫁给“群鬼”庄园的主人了。我当时想，她一定是给贪欲迷了心窍，外加有可能看上了那汉子的高大威猛。我总能想出充足的理由来。最让我的胃痛得难过的——这是一想起伤心事儿就疼得最厉害的地方——是她也许把我们这帮过去常去看她、在她热辣辣的目光里尽情享受的穷鬼全给忘了。尤其是忘了我，特朗吉里诺·埃雷拉。想当初，她可是跟我又亲又抱地答应嫁给我的。不过想想也是，饿着肚子的时候，哪头畜生不会从圈里溜出来呢？她那时候的确是吃得不好，一方面因为有时候我们一下子来这么多人，东西不够吃；另一方面，她总是做好准备要把自己嘴边的那份省下来让给我们吃。

后来她肚子大了，然后生了个儿子，然后她死掉了，是给一头脱了缰的马摔死的。

当时我们刚刚给孩子施过洗礼。她把孩子抱在怀里。马是为什么又是怎么脱了缰的，这些细节我没法说给诸位听，因为当时我正走在前头。我只记得那是头杂色的马，它像一团灰云一样掠过我们身边，我们看到的不是马，而是马带起的一阵风；就那么一团，几乎是擦着地面过去的。玛蒂尔德·阿尔坎赫尔给落在了后面，她一头栽在不远的地方，整张脸浸在一个水坑里。我们那么多人那样爱慕的那张脸，竟至于几乎完全没在了水里，仿佛一直在清洗着血污。鲜血像泉水一样，从她仍在搏动的身体里源源不断地流出来。

可那时候她已经不属于我们了。她已成了欧雷米奥·塞迪略的财产。欧雷米奥·塞迪略是唯一一个把她驯服，娶她为妻的人。玛蒂尔德长得多好看哪！他不仅把她给驯服了，还从那道口子钻进她的身体，钻到很深的地方，让她给他生了个儿子出来。所以呢，在那些时日里，她在我心里只剩下一道黑影，要不就是一点点回忆而已。

不管怎么说，我当时还是执意要见到她。我主动提出去给他们的孩子施洗礼，这样就能走近她，尽管只是以孩子教父的身份。

所以，直到现在，我还能感觉到那阵风从我身边掠过，它吹灭了她的生命之火，好像到现在还在吹着，好像还吹在我身上。

是我把她那双水汪汪的眼睛合上的。也是我把她那张因为恐惧而扭曲了的嘴恢复原状的。这恐惧猛然袭上她的心头，准是随着那畜生的飞奔越发变得强烈，直到最后她感觉到自己坠下马来。我跟诸位说过了，我们发现她的时候，只见她趴倒在她孩子身上。她的皮肉已经开始失去水分，正在变成一层硬壳，因为在她的不幸延续的那段时间里，她流光了身体里所有的汁液。她的眼睛仍然睁着，紧紧盯着孩子。我已跟诸位说过，她浑身都湿了。那不是泪水，而是她的脸栽进去的那泥水坑里的脏水。她死了，看上去她还为在摔下时没把孩子压伤而感到高兴，因为她的眼睛还流露出喜悦的神色。我先前跟诸位说过了，是我把那双眼睛合上的。那双眼睛还像她活着的时候一样，放出爱抚的光芒。

我们把她埋葬了。那张常人难以企及的嘴，现在正慢慢地被泥土填满。我们看着她一点一点地没入墓坑的底部，直到再也看不见她的身形，人整个地消失了。而欧雷米奥·塞迪略像柱子一样站在那里。当时我想：当初她要是不给他带走，安安稳稳地留在丘帕德罗斯，说不定现在还活着呢。

“假使不是因为孩子的过错，”他开口说话了，“她一定还活着。”他说，他们骑着的那匹马本就很容易受惊吓，可这孩子偏偏就蓦地发出一阵猫头鹰似的哭声来。他曾经跟孩子他妈再三叮嘱过，千万不要让孩子哭出声来。他还说，她摔下来时，本可以保护自己的；可她完全没有这么做：“她把身体弯成了弓形，给孩子留出一方空隙来，以免把他压坏。所以，不管怎么说，错全在这孩子身上。他哭起来，都让人觉得害怕。我凭什么要喜欢他呢？他对我什么用也没有。她要是还活着，准能给我生更多的小孩儿，我想要多少她就生多少；可这孩子都没让我好好闻闻她的味道。”他就这样说了好多好多话，旁人也弄不清楚他对妻子的死感到的究竟是悲伤还是愤恨。

有一点倒是一直很清楚，那就是他对儿子的仇恨。

这就是我一开始跟诸位讲的。欧雷米奥开始酗酒。起先他把他的土地一块一块拿去换成一瓶一瓶的“宾嘉罗特”。后来他干脆一桶一桶地买酒喝了。有一回我去跑路，整个马队驮着的净是装着“宾嘉罗特”的酒桶，全是欧雷米奥订的。他所有的精力全花在这上面了：喝酒，还有打我的教子，直打得胳膊都酸了。

那以后过去了好多年。在几个好心人的帮助下，小欧雷米奥差不多是凭着出生时带着的那口气，无论如何还是长大了。在他老子看来，他是孬种，是凶手，每天早上都要将他暴打一顿，就算不想把他弄死，至少也要让他饿得死去活来，忘了自己的存在。可他还是活下来了。而那当爹的却随着时间的流逝每况愈下。我们大家都知道，时间是比人能承受的最重的负担还要沉重的东西。所以呢，尽管他仍怀恨在心，这憎恶之情却是日复一日地消减了，直到两个人的生活一并化为一种睁眼活着的孤独。

我很少见到他们。后来听人讲我才知道，我的教子每回在他父亲喝醉后闷头大睡时，就吹起笛子。爷儿俩之间不说话，也不互相看一眼；可直到天黑以后，在整个科拉松·德·玛丽娅还能听到笛声；有时候夜半过去了好长时间，还能听到笛声。

嗯，我不打算扯远，有那么一天，就跟这些村镇往常一样的平静，有一帮叛乱分子来到了科拉松·德·玛丽娅。他们几乎没发出什么声响，因为街道上长满了草，所以他们来时静悄悄的，虽然所有人都骑着牲口。听人说，那是如此安静，他们路过的时候一点也没有吵闹喧哗，只能听见野鸭的叫声和蛐蛐的歌声；此外，能听得更清楚的，是从一支笛子里飞出的乐声。那乐声在队伍经过“隐士”父子家门口的时候加入到他们中间，渐行渐远，远远地离去消失了。

谁晓得那是哪一派的叛乱分子，谁晓得他们是干什么的。事实是，这也是人家告诉我的，没过几天，政府派来的军队也路过那里，没有停留。就在这当儿，老欧雷米奥求他们把他带走，尽管到了这年纪，他已经有点儿病恹恹的了。他好像是说，在军队要去追剿的那伙盗匪里，有一个人还欠着他的账。他竟然就给收进队伍里了。他骑在马上出了家门，手持来复枪，策马飞奔追赶走在前头的部队。之前我跟诸位说过，他个子很高的，他也没心思去找帽子，就让一头乱发在风中飘舞，这样他看上去不像个人，倒更像是一面军旗了。

接下来的几天，什么消息也没有。一切都和往常一样平静。当时我正好路过那里。我是从“下面”过来的，那里也没有什么传闻。然后忽然就开始陆陆续续地来了好多人。他们是佃农，诸位晓得的，就是些在山坡上长租一块地过活的人，他们要是下到村子里来，准是为了搞点什么东西，或者是因为担心什么事情。现在他们是受了惊吓，跑到平地上来了。他们下来后就说，那边的山上在打仗，打了好几天了。还说他们那里来了些人，像是撤退下来的。

整整一个下午，都没见到有人经过。然后夜幕降临。有些人，包括我在内，就寻思，他们许是走了另外一条道儿了吧。我们把门关紧，守在门背后。教堂的钟响了九下，然后是十下。几乎是和报时的钟声同时，传来了牛角的低鸣声。接着是马蹄声。那会儿我就探出头去，看看是什么人来了。然后我就看见一大群人，衣服破破烂烂的，骑在瘦瘦的马上；有些人淌着血，还有些人脑袋垂在胸前晃荡着，准是睡着了。一大队人马缓缓行进着。

当这支由一个个黑影组成、在夜色中难以看清的队列似乎已经完全过去了的时候，传来了笛子声，先是很细很弱的，然后逐渐变清楚了。又过了一会会儿，我便看到我的教子欧雷米奥骑在他爹欧雷米奥·塞迪略的马上走了过来。他几乎是坐在马屁股上，左手紧抓着他的笛子，右手则牢牢地按着在马鞍上横躺着的他父亲的尸体。

安纳克莱托·莫罗内斯

这些老太婆，魔鬼生的女儿！我看到她们排成一队，一起过来的。她们都穿着一身黑，在烈日下像骡子一样大汗淋漓。我远远地看着她们过来，扬起尘土，像一支马队。她们的脸上蒙着尘土，成了烟灰色。全是一身黑色打扮。她们是从通往阿穆拉的路上过来的，一路唱着歌，念着经，在酷热中行进，脸上的汗水不住地大滴大滴掉落在硕大的黑紫色披肩上。

我看她们到了，便躲了起来。我知道她们在做什么，要找什么人。所以我撒腿便跑，手上还拎着裤子，迅速躲到鸡圈的最里面。

可她们进来后还是找到了我。她们嘴里说:“万福圣母玛利亚!”

我蹲在一块大石上,啥也不干,故意不提起裤子。她们见我这样,就不会靠过来了。可她们只是说:“万福圣母玛利亚!”渐渐地朝我靠近。

这些不要脸的老太婆!真是不害臊!她们画着十字,一步步逼近,竟靠到我的身边来了。她们紧紧地挨在一起,像是给捆成了一把,淌着汗,额发贴在脸上,仿佛刚刚淋过一场小雨。

“我们是过来看你的,卢卡斯·卢卡特罗。我们是从阿穆拉来的,只是为了来看你。听这边附近的人说,你在自己家里;可我们没想到你藏得这么深;没想到你在这个地方,在做这事儿。我们本以为你是进去给鸡喂食的,我们就进来了。我们是过来看你的。”

这帮老太婆!又老又丑,活像一群呆头驴!

“说吧,你们想怎样!”我一面说,一面系裤带。她们赶忙用手蒙住双眼。

“我们有事相求。我们在桑托圣地亚哥和桑塔伊内丝找过你,可人家告诉我们,你已经不住在那里了,说你已经搬到这个村子来住了。我们就过来找你了。我们是从阿穆拉来的。”

我本就知道她们是从什么地方来、是什么人了；我甚至可以当着她们的面说出她们的名字，不过我还是装作不知道。

“是的，卢卡斯·卢卡特罗，感谢上帝，我们总算找着你了。”

我把她们请到长廊上，搬出几张椅子来给她们坐。我问她们饿不饿，要不要来点什么，哪怕是喝点水润润喉咙。

她们用各自的披肩擦着汗，坐下了。

“谢谢，不用了。”她们说。“我们不是过来给你添麻烦的。我们有事相求。卢卡斯·卢卡特罗，你认得我的吧，是不？”其中一个问我。

“有点儿面熟。”我说，“好像在哪里见过你。你不会碰巧就是潘恰·弗蕾戈索吧？就是给奥莫波诺·拉莫斯拐走的那个？”

“是的，正是我，不过我可没给什么人拐走过。那些都是流言蜚语而已。我们两个在找仙人掌果的时候迷了路。我是教友会成员，我无论如何也不会允许……”

“你想说什么，潘恰？”

“噢！卢卡斯，你怎么尽往坏处想。你还没有改掉喜欢诬蔑人的恶习。不过呢，既然你认得我，我想告诉你我们此行前来的目的。”

“你们连一点儿水也不想喝吗？”我又问她们道。

“不用麻烦啦。不过既然你跟我们这么客气，我们就不让你扫兴了。”

我给她们端上一罐加了香桃木果的水，她们便喝了。接着我又给她们上了一罐，她们也全喝了。然后我给她们打了一罐河水。她们便不再动它，留着待会儿再喝，因为据她们说，等开始消化时，她们会渴得很厉害的。

这十个女人，穿着沾满泥污的黑衣服，坐成一排。她们是彭西亚诺、艾米里亚诺、克雷森西亚诺、开酒馆的托里维奥和剃头匠阿纳斯塔西奥的女儿。

这些老女人！没有一个长得还算说得过去的。全都是五十开外的人了。全都凋谢了，像干枯萎缩的木本曼陀罗花。身上没一块可取之处。

“你们来这里找什么呢？”

“我们来看你。”

“你们已经看到我了。我很好。别为我担心。”

“你是从很远的地方来这里的。来到这个藏身之地，

没有住址，没有人知道你的消息。我们打听了好久，费了好大工夫才找到你的。”

“我没有把自己藏起来。我在这里没有人世间的烦扰，过得很适意。如果可以让我知道的话，你们究竟有何贵干？”我问她们。

“嗯，是这样的……不必麻烦给我们弄饭了。我们已经在‘小鸽子’家里吃过啦。我们全都吃过了。你就听我们说正经事儿吧。你就坐这里，坐在我们对面，让我们看着你，听我们说。”

我没法平静下来。我想再到鸡圈里去。听到母鸡的咯咯叫声，我一心只想赶紧把鸡蛋捡起来，免得让兔子给吃了。

“我去拿鸡蛋。”我对她们说。

“我们真的已经吃过啦。不用为我们麻烦啦。”

“我养了两只兔子在那里，没拴着，会把鸡蛋吃了的。我一会儿就回来。”

我就去鸡圈了。

我打定主意不回来了。从那扇对着山的门出去，让那帮死老太干等着吧。

我朝角落里的一个石堆望了一眼，看上去是一座坟的

形状。我便动手将它拆散，把石头往四下里扔，东一处西一处砸出一个个小坑来。都是河滩上的石头，圆鼓鼓的，可以扔得老远。那些老妖怪，害得我干起这事儿来。我不知道她们起了什么心思要来。

我放下手中的活，走了回来。

我把鸡蛋送给她们。

“你把兔子杀了吗？我们看到你用石头砸它们。鸡蛋等会儿再吃吧。你不必麻烦啦。”

“鸡蛋放在怀里会孵出小鸡来的，还是把它们放外面吧。”

“瞧你哟，卢卡斯·卢卡特罗！你就是吐不出好话来。我们还不至于这么热呢。”

“这我可不知道。我只知道外面的确很热。”

我的打算就是拖延时间，把话题岔开，同时想着怎么把她们从我家赶走，让她们断了再来的念头。不过，我什么办法也没想出来。

我知道，自从1月份安纳克莱托·莫罗内斯失踪之后不久，她们就一直在找我。有人曾告诉过我，阿穆拉教友会的那帮老太婆正在找我。只有她们才可能对安纳克莱托·莫罗内斯有一点儿兴趣。

托教友会的全体成员开办了一个九日祭活动，求教会把他正式封为圣徒。你是他的女婿，我们需要你来做证人。神父先生嘱咐我们，要带一个在安纳克莱托行圣迹成名之前就和他有过接触并且了解他的人过去。除了你，还有谁更合适呢？你就在他身边生活过，你比任何人都能更好地讲述他所做过的慈善事业。所以我们需要你，需要你陪我们参加这个大典。”

这帮死老太婆！干吗不早说呢。

“我去不了，”我说，“没有人替我看家啊。”

“我们会有两个姑娘留下来替你看家，这点我们已经想到了。另外，还有你老婆嘛。”

“现在我没老婆了。”

“那你老婆呢？就是圣子安纳克莱托的女儿呀。”

“她已经走掉了。我把她撵走的。”

“怎么可以这样呢，卢卡斯·卢卡特罗？那可怜的女孩儿一定受大罪了。她多好哇，多年轻啊，多漂亮哪。你把她打发到哪里去了，卢卡斯？你就是把她送进修道院，我们也能安心呀。”

“我没把她送到什么地方去。我直接把她撵走了。我能肯定，她没跟修女们在一起；她可是喜欢热闹，喜欢堕

落的。她准是松开裤带往这样的地方去了。”

“我们才不信你说的呢，卢卡斯，我们一点也不信。也许她就在这里，就给关在这座房子的哪个房间里，正在做祷告。你一贯爱撒谎，还喜欢造谣。卢卡斯，你还记得埃尔梅林多那几个可怜的女儿吧，就因为你造的谣，她们只要一上街，就有人朝她们吹口哨，吹那曲《小野鸽》，搞得她们只好搬到艾尔格鲁约去住了。你的话一句也不能信，卢卡斯·卢卡特罗。”

“那么就别拉我去阿穆拉了。”

“你只要先做个忏悔，就没事了。你有多久没忏悔了？”

“哦，那该有十五年了吧。那回基督军要枪毙我。他们用卡宾枪抵着我的背，让我跪在神父面前，我就说呀说，把我没做过的事也给认了。就连还没做的事儿，我也给提前忏悔了。”

“你要不是圣子的女婿，我们才不会过来找你呢，更不会求你什么了。你总是那么混账，卢卡斯·卢卡特罗。”

“我给安纳克莱托·莫罗内斯当过一段时间的助手。他才是个活生生的恶魔呢。”

“你不要亵渎神灵。”

“你们啊，根本就不了解他。”

“我们把他奉为圣徒。”

“不过就是个卖圣徒像的。”

“你说什么呢，卢卡斯？”

“这你们就不晓得了。他过去是卖圣徒像的，就在教堂门口的集市上卖。我替他扛包的。

“我们俩就跑这些地方，一处一处地跑，从这个村到那个村。他走前面，我在后面扛着包，包里面是圣潘塔莱昂、圣安布罗西奥和圣帕斯卡的九日祭经文书，加在一块儿起码有三阿罗瓦[1]重。

“有一天，我们遇到几个朝圣者。当时安纳克莱托跪在一个蚂蚁窝上，教我怎样咬住舌头才能忍住蚂蚁的叮咬。那些朝圣者就过来了。他们看到他，就停下来看这件奇事。他们问：‘你跪在蚂蚁窝上，蚂蚁却不咬你，你是怎么做到的呢？’

“他就交叉起双臂，说起话来。他说他刚从罗马回来，从那里带了一条信息过来，还带了从基督受难的十字架上取下的一个碎片。

“那些人便七手八脚地把他抬走了。他们用抬神像的

1 阿罗瓦，重量单位，约合11.5公斤。

架子把他一路抬到了阿穆拉。到了那里，人们竟然拜倒在他跟前，求他显圣迹。

“这还只是开始。我只是目瞪口呆地看着他怎样引来一大帮朝圣者，聚拢在他周围。”

“你就是个长舌鬼，亵渎神灵的家伙。你在认识他之前是什么人？不过就是个猪倌而已。是他让你发了财的。你现在的一切都是他给的。就看在这个分上，你也不肯说他好话。你这个忘恩负义的家伙。”

“要说这个嘛，我感谢他让我吃饱了肚子，不过这不等于说，他就不是个恶魔。不管他走到哪儿，他都还是个恶魔。”

“他已经在天上了，在天使中间。不管你怎么瞎说，那里才是他的所在。”

“我知道他坐过牢。”

“那是很久以前的事儿了。他从那里逃走了。他消失得无影无踪。现在，他的身体和灵魂都在天国了。他从那里赐福给我们。姑娘们，跪下来吧！让我们念起‘主啊，我们忏悔’，让圣子为我们说情吧。”

那帮老太婆便齐刷刷跪了下来，唱一句“我们的父”，就吻一下绣着安纳克莱托·莫罗内斯头像的披肩。

时间已是下午三点钟了。

我利用这当儿溜进厨房，吃了几个菜豆卷饼。出来的时候，只剩下五个女人在那里了。

“另外几个干什么去了？”我问她们。

那个叫潘恰的，嘴唇上方的四根髭毛一动一动的，对我说：

“她们走掉了。她们不想再理你了。”

“那样更好。驴子越少的地方，玉米蕊越多。你们想再来点香桃水吗？”

她们当中那个叫费罗美娜的，绰号叫“死人”，刚才一直沉默不语，忽然对着一个花盆俯下身来，手指伸进嘴里，把刚才喝下去的香桃水连同食物残渣统统吐了出来：

“你的香桃水我也不要了，你这亵渎神明的家伙。我再也不要你任何东西了。”

然后她把我送她的鸡蛋放在椅子上，说：

“你的鸡蛋，我也不要了！我还是离开这里吧。”

现在只剩下四个人了。

“我也想吐了，”潘恰对我说，“不过我憋得住。我们无论如何也要把你带到阿穆拉去。

“你是唯一一个可以证明圣子神性的人。他一定会让你心肠变软的。我们已经把他的像放在教堂里头了，要是因为你的过错，他给从教堂里撵了出来，那就实在说不过去了。”

“你们另找人去吧。我可不想在这个葬礼上给他守灵。”

“你差不多就是他儿子啊。你继承了他神性的果实。为了延续生命，他把他的眼睛安在了你身上。他把他女儿给了你呀。”

“没错，可他给我的是个已经给延续了生命的女人。”

“上帝啊，你在说什么哪，卢卡斯·卢卡特罗？”

“就是这样子的，他把他女儿给我的时候，她起码已经有四个月的身孕了。”

“可她身上是散发着圣洁气息的啊。”

“她身上散发的只有恶臭。只要有人停下来观望，她就把她的大肚子露给人看，只为了让人看清楚，那的确是她身体的一部分。她竟喜欢上了这个。她的肚皮给那里头的孩子撑得老高，因为膨胀得厉害，都发紫了，她就把这露出来给人看。人家看了都笑。他们觉得很好玩。她真是个不要脸的家伙。安纳克莱托·莫罗内斯的女儿，就是这么个东西。”

“真作孽哟！你不该说这种话。我们送你一副披肩吧，来把你身上的魔鬼驱走。”

“……她就是跟一个魔鬼跑了的。好像他还真喜欢她呢。他只跟她说：‘我有勇气做你孩子的爹。’她便跟他跑了。”

“那孩子是圣子的果实啊。是个女娃。她被赠予给你。你才是这个带着神灵气息降生的宝物的主人啊。”

“瞎说八道！”

“你说什么？”

“安纳克莱托·莫罗内斯女儿的肚子里怀着安纳克莱托·莫罗内斯的种。”

“这是你编造出来诋毁他的。你总是爱编谎话。”

“是吗？他糟蹋的不止一个呢。他让这个地方没了处女，总是找借口要让一个姑娘来陪他守夜。”

“他这么做是为了保持纯洁，为的是不让罪孽玷污了他自己。他要置身于天真无邪之中，不让自己的灵魂沾上污迹。”

“你们相信这个，因为你们不曾给叫过去。”

“我就被叫去过，”其中一个叫梅尔基娅黛丝的说，“我陪他守过夜。”

“当时怎样的？”

"没怎样呀。他只是用他神奇的双手抱住我，当时正是夜里最冷的时候。我感谢他用他的身体给我温暖，再没别的事了。"

"那是因为你已经老啦。他喜欢嫩女人；喜欢她们的骨头发出的脆裂声；他就喜欢听这响声，就像是捏碎花生壳儿的声音。"

"你是个没有信仰的坏东西，卢卡斯·卢卡特罗。你真是坏透了。"

现在说话的是那个绰号叫"孤儿"的女人，她总是哭哭啼啼没个完。她是这群女人里面最老的老太婆。她眼里噙着泪，两手发着抖：

"我没爹没妈，是他抚慰了我失去双亲的苦痛；我在他身上重又找到了我爹和我妈。他一整夜都在抚摸我，减轻我的痛苦。"

说着眼泪就下来了。

"你呀，你没有必要流眼泪。"我对她说。

"我的爹妈都死掉了啊。他们把我一个人孤零零地撇下了。我那么小就成了孤儿，要找到个肯帮我的人有多难啊。我只有一个夜晚是过得幸福的，就是我和圣子安纳克莱托在一起、在他温柔的怀抱里度过的那一晚。现在，你

倒说起他的坏话来了。”

“他可是个圣徒啊。”

“一个怀着善心的好人。”

“我们期待着你能继承他的事业。他的一切都传给你了。”

“他传给我的是一麻袋的混蛋恶习。嫁给我的是个疯婆子。她没你们这么老，却疯得厉害。幸好她跑掉了。我亲手给她开的门。”

“你这个异教徒！你尽在编造异端邪说。”

此时只剩下两个老太婆了。其他的几个，一个接一个地走掉了，边往后退还边朝我画十字，声称一定要带几张驱魔符回来。

“你不能对我否认，圣子安纳克莱托是创造奇迹的人，”阿纳斯塔西奥的女儿说，“这一点你不能否认。”

“生孩子可不是什么奇迹，这是他的强项。”

“他治好了我老公的梅毒。”

“我还不知道你有老公呢。你不是剃头匠阿纳斯塔西奥的女儿吗？据我所知，塔乔[1]的女儿是单身哎。”

---

1 阿纳斯塔西奥的小名。

“我是单身，但我有老公。做姑娘和单身是两回事。这个你懂的。我不是姑娘，但我是单身。”

“到你这个年纪还干这个啊，米卡爱拉。”

“没办法，我不能不干。要当姑娘的话，我靠什么过活呢？我是女人。女人生来就是要把她所有的奉献出来的。”

“你说的和安纳克莱托·莫罗内斯说的一模一样。”

“是的，是他劝我去做那事儿的，为的是治好我的肝炎。我就跟人同房了。到了五十岁还是个处女，就算是罪孽了。”

“这是安纳克莱托·莫罗内斯跟你说的吧。”

“是的，是他跟我说的。不过，我们来是为了另一件事；求你跟我们走一趟，证明他是个圣徒。”

“为什么我就不是圣徒呢？”

“你一次奇迹也没有创造过。他可是把我老公的病给治好了的，我是亲眼看到的。难不成你还给谁治好过梅毒？”

“没有，我也不懂什么是梅毒。”

“有点儿像坏疽。他先是脸色发紫，浑身长满烂疮，后来就睡不着了。他老是说，看到的一切都是红色的，好像走到了地狱门口。然后他感觉烧得难过，疼得他都跳起来了。于是我们就去找圣子安纳克莱托，他把他给治好了。

他用一根燃着的芦苇草烫他的身子，把他的口水涂在他伤口上，然后说了句‘去吧！’，他的病就好了。你倒是说说看，这算不算奇迹呢？”

“你老公得的应该是麻疹。我小的时候得过，也是用口水治好的。”

“我早就说过了，你是个该下地狱的没信仰的家伙。”

“一想到安纳克莱托·莫罗内斯比我还可恶，我就安心了。”

“他待你就像亲生儿子一样。你竟然还敢……我还是不要继续听你胡扯为好。我走了。你不走吗，潘恰？”

“我再等一会儿。我再争取一下，最后一次了。”

“我说啊，弗朗茜丝卡[1]，既然大家都走了，你是要留下来陪我睡觉的，是不是啊？”

“就算这是上帝的命令，我也不会干的。人家会怎么想？我只是想把你说服了。”

---

1 潘恰即为弗朗茜丝卡的小名。

“那就让我们俩互相把对方说服吧。说到底你有什么损失呢？你已经老成这样了，没人要了，没人肯关心你了。”

“可人们会说闲话的。他们会瞎猜的。”

“随他们怎么去想吧。那又怎样？不管怎么说，你还叫潘恰。”

“好吧，我就留下来陪你，不过就到明天早上啊。而且你得向我保证，我们要一同去阿穆拉，好让我告诉她们，我求你求了一整晚。要不这样的话，我怎么办？”

“行。不过你还是先把你嘴上的那几根胡须剪掉吧。我去拿把剪刀给你。”

“你怎能这么笑话我哟，卢卡斯·卢卡特罗。你净爱观察我难看的地方。你就饶了我那几根胡须吧，那样她们也不会起疑心了。”

“好吧，随你。”

天黑的时候，她帮我修好了鸡棚，还帮我把扔得满院子都是的石头块儿聚拢在一起，堆在原先的角落里。

她们都没有想到，安纳克莱托·莫罗内斯就给埋在那里。她们也不晓得，他就是在越狱那天死掉的。他从监狱溜出来后，就跑到这里来，要我把他所有的财产都交给他。他来的时候说：

“把所有东西都卖了，把钱给我，我要到北方跑一趟。我到了那儿会给你写信的，往后我们俩再一起做生意。”

“你为什么不把你女儿也带走呢？”我对他说，“这是我唯一多余的东西，你还说是属于你的。你要你的鬼把戏，把我也搅进去了。”

“你们随后走。到时候我会派人告诉你们我到了哪里。我们到那里再结账。”

“我们还是一次结清吧，那样更好。一次搞定。”

“我现在不想跟你开玩笑，”他说，“把我的东西给我。你还存着多少钱？”

“我有一点点，不过我不会给你的。你女儿那么不要脸，让我吃尽了苦头。我还供她吃喝，你该知足了。”

他生气了。他跺着脚，又急着想走……

“安息吧，安纳克莱托·莫罗内斯！”我埋他的时候，口中念念有词。我一趟趟地去河边搬来石头扔在他坟上，每次回来都说：“你要尽花招也甭想从这里出来。”

这会儿潘恰正帮我把沉甸甸的石块再次压到他坟上。她绝对想不到，安纳克莱托就在这下面，她也想不到，我这么做是出于恐惧，就怕他从坟墓里爬出来，再来给我惹麻烦。我相信，他的鬼点子那么多，不会找不到法子起死

回生，从那里头爬出来的。

“再多垒上些石头，潘恰。把它们堆在这个角落里，我不想看到我的鸡圈里遍地石头块儿。”

后来，到了早上，她才告诉我：

“你可真是个混球，卢卡斯·卢卡特罗。你一点儿也不温柔。你知道谁真正懂得爱女人吗？”

“谁？”

“圣子安纳克莱托。他才真的会做爱呢。”